宮廷魔導士は
鎖で繋がれ溺愛される

登場人物紹介
レッドバーン
シュタルの優しい師匠で、
宮廷魔導士の副筆頭。
実力も人格も兼ね備えているが、
若さゆえに妬《ねた》まれてもいる。
シュタルへの態度は
ちょっと過保護。
シュタル
元戦災孤児の宮廷魔導士。
六年前、レッドバーンに見出され
彼の弟子になった。
師匠を誰よりも尊敬しており
一途に尽くしている。

コンドラト
シュタルの同僚。
彼女に想いを寄せているが
まったく伝わっていない。
オズ
宮廷魔導士の筆頭で、
レッドバーン達の上司。
一見、魔導士というより
騎士風の美丈夫《びじょうふ》
カーロ
宮廷魔導士の一人。
レッドバーンの優秀さに
嫉妬《しっと》して、
きつく当たっている。
ゾディ
他国の筆頭魔導士。
なにかとシュタルのことを
気にかけてくれている
姉御肌の美女。
ライム
シュタルの同僚。
彼女と仲がよく、
女子らしい話で
盛り上がることも。

目次

宮廷魔導士は
鎖で繋がれ溺愛される

プロローグ

――赤い色は嫌いだ。なぜなら、両親が流した血と、村を焼いた炎を連想させるから。

シュタルは十三歳で戦争孤児となった。

本来ならば日の光にきらめく銀色の髪は土埃《つちぼこり》で汚れ、輝きを失っている。藍色《あいいろ》の瞳は暗くよどみ、どこかうつろだ。戦争中は食べ物も満足に得られなかったので、体は痩《や》せ細り、腕など簡単に折れてしまいそうなほどだった。

戦争が終わり、シュタルは身の振りかたを決める必要に迫られていた。自分の村を焼かれてしまったので、まずは住む場所を見つけなければならない。

戦争孤児は孤児院で受け入れてもらえるはずなのだが、十三歳となると、孤児院に入れるかどうかギリギリの歳である。

父は死んだ。母も死んだ。祖父母も優しかった近所のおばさんも、目の前で殺されてしまった。

敵兵にも温情があったのか、シュタルはまだ子供だからと見逃してもらえた。身長が低かったため、実際の歳より幼く見えたのかもしれない。

しかし、これから先のことを考えると、いっそ殺してもらったほうが楽だったと思う。

今は戦争難民の受け入れ施設に身を寄せているが、いつまでもここにいるわけにはいかない。孤児院に入れなかったら、これから先はどうやって生きていったらいいのだろうか？　十三歳の少女を住みこみで雇ってくれるところなど、あるのだろうか？

シュタルはそんなことを考えながら、薄汚れた施設の中で、同じように助かった村の子供たちと身を寄せあっていた。すると突然、身なりのよい若い男が部屋に入ってくる。

軍服とは少し違ったデザインの服を着ているが、胸元にしっかりと国の紋章が刺繍《ししゅう》されているので、怪しい人ではなさそうだ。役人なのかもしれない。

肩より少し上で切りそろえた黒い髪は、彼が歩くたびにサラサラと揺れた。肩幅は広く、がっしりとした立派な体躯《たいく》をしている。歳は二十歳くらいだろうか？　鼻梁《びりょう》が高く、顔立ちが整っていた。

彼はどこからどう見ても男の人だったけれど、とても美しい。村にはこんなに綺麗な男の人はいなかったので、彼を見た瞬間、シュタルは心臓が跳ね上がったのかと思うくらいどきりとした。それは他の女の子も同じようで、部屋の中にいた娘たちはみんな彼に見惚《みと》れている。

そんな中、彼が子供たちに呼びかけた。

「お前たち、ここに横一列に並んでくれないか？」

低く、澄んだ声だ。顔の綺麗な人は声まで綺麗なのか、とシュタルは思う。

部屋の中にいた子供たちは、突然現れた大人の命令に戸惑いつつも、言われたとおりに並んだ。

人探しでもしているのか、彼は並べた子供たちの顔を一人ずつ覗きこんでいく。

シュタルが並んだ場所は、列の最後だった。彼が近づいてくるにつれて、胸がどきどきする。早く自分の番になって欲しいような、そうでないような、不思議な気持ちだ。

そして、とうとうシュタルの番になった。彼はシュタルの顔を覗きこみ、整った眉をひそめる。何か粗相《そそう》をしてしまったのかとシュタルが不安げな表情を浮かべると、彼は言った。

「珍しい。女なのに魔力がある」

「魔力……？」

訳が分からず、シュタルは小首を傾げる。

「魔術を使える力のことだ。生まれつき魔力を持っている者だけが魔導士になれる。俺は、ここに魔力を持っている子供がいないか探しにきた」

「魔導士……」

シュタルが生まれ育った国境付近の小さな村には、魔導士は存在しなかった。だが、王都には魔導士が沢山いて、今回の戦争でもかなり活躍したと噂《うわさ》されている。

「お前には魔力がある。そして女が魔力を持っているのは、とても珍しい。俺はこのブルーク国の宮廷魔導士だ。お前が望むのなら、俺の弟子として面倒を見てやる」

そう言うと、彼はシュタルに手を差し伸べる。男らしい、大きな手だ。

「俺はレッドバーンだ。魔導士になるか？」

レッドバーンと名乗った彼は、シュタルの瞳をじっと見る。その瞳の色は――燃えるような深紅《しんく》。

赤は嫌いな色のはずなのに、なぜか彼の瞳の色は嫌ではない。彼が、とても優しい眼差しでシュタルを見つめているからだろうか。

その赤い色に魅了《みりょう》されたように、シュタルは小さな手を彼に伸ばす。

「よろしくお願いします、レッドバーン様」

これからどうやって生きていったらいいのか、分からなかった。そんな自分の前に差し出された彼の手は、唯一無二の救いに思える。

レッドバーンはシュタルの手をぎゅっと握ると、優しく声をかけてくれた。

「魔導士の弟子は、自分の師匠のことを兄と呼ぶのが習わしだ。俺のことも名前ではなく、兄さんとか兄上とか、そういう風に呼んでくれ」

「えっ……。では、兄様……？」

初対面の男を兄と呼ぶことに戸惑いながらもシュタルがそう言うと、レッドバーンはにこりと微笑む。シュタルには兄がいなかったものの、新しい兄が——家族ができたような錯覚におちいる。

「兄様」

もう一度呼んでみると、レッドバーンは「ああ」と頷いた。

血は繋《つな》がっていないけれど、兄と呼べる存在が、そして兄という呼びかけに応えてくれる存在ができたことに、からっぽになっていた胸のうちがぽかぽかと温かくなってくる。

シュタルは自分を見つめる深紅《しんく》の瞳を見た。

家族が流した血の赤。村を焼いた炎の赤。

シュタルからすべてを奪《うば》ったはずの赤い色が、自分に生きる場所を与えてくれる色となった。

——赤い色はもう、嫌ではなかった。

第一章　師弟

宮廷魔導士たちの朝は早い。

シュタルは空がまだ藍色《あいいろ》のうちから起きて、手早く身支度を済ませる。身だしなみを確認するために姿見の前に立つと、そこには宮廷魔導士の制服を着た自分の姿が映っていた。

腰まで伸びた銀の髪はきっちりと束《たば》ねられ、今の空と同じ深い藍色《あいいろ》の瞳はぱっちりと開かれている。これなら王族の前に出ても大丈夫だと、シュタルは軽く頷いた。

自身の姿を確認した彼女は、扉続きの隣室へと入っていく。隣室はシュタルの師匠の部屋だ。

ちょっとした図書館さながら、壁に沿ってずらりと書架《しょか》が並んでいるけれど、それでも入りきらない本が床に積まれていた。シュタルはその本の山を蹴《け》らないように気をつけつつ、ベッドまで近づく。

大きなベッドの上で、シュタルの師匠は寝息を立てていた。その端整な寝顔に見惚《みと》れそうになりながらも、シュタルは彼の肩をぽんぽんと軽く叩く。

「兄様、起きてください。朝です」

「ん……」

身を起こしたのは、六年ほど前に戦争孤児だったシュタルを弟子にしてくれたレッドバーンだ。

彼は宮廷魔導士の中でも二番目の権力を持つ、副筆頭魔導士の役職に就《つ》いている。ただし、寝起きの今は寝癖が酷く、その姿に威厳《いげん》はない。

シュタルは彼の身支度を手伝い、鏡台の前に座らせた。寝癖だらけの髪に、油に浸していた櫛《くし》を通す。ぐちゃぐちゃだった漆黒《しっこく》の髪はものの数十秒でまっすぐになった。

レッドバーンは深紅《しんく》の目を細めて、「ご苦労」と呟く。

「では行くか」

「はい」

シュタルはレッドバーンの後ろについて部屋を出る。

宮廷魔導士が住む寮《りょう》は、魔導士たちの仕事場でもある魔導士棟の一角に作られていた。寮《りょう》の区域を抜け、仕事場についたところ、朝一番の仕事のために多くの魔導士たちが慌ただしそうに動き回っている。彼らはレッドバーンの姿を見ると、足を止めて頭を下げた。

「おはようございます、レッドバーン様」

「おはよう。忙しいのは分かってるから、いちいち立ち止まって頭を下げなくてもいいぞ」

副筆頭魔導士という立場でありながら、自分の権力を鼻にかけないレッドバーンはそう返事をする。しかし、そんな彼を責めるような言葉が投げかけられた。

「そういうわけにもいきますまい」

シュタルとレッドバーンは一瞬だけ目をあわせたあと、声のほうを向く。

そこには齢《よわい》五十ほどの男が立っていた。ずいぶんと恰幅《かっぷく》がよく、宮廷魔導士の制服はお腹の部

分がぽっこりと膨らんでいる。

「おはようございます、カーロ殿」

「おはようございます、カーロ様」

レッドバーンとシュタルは、口をそろえて挨拶《あいさつ》をした。

カーロは宮廷魔導士の風紀長だ。彼自身の魔力は強くないのだが、長年の勤務と、彼の兄弟が高位の文官であることを考慮され、数年前に新設された風紀長の役職に就《つ》いている。……とはいっても、彼のために用意された名ばかりの役職で、職務内容は魔導士たちが規律を乱さないよう指導したり、設備の維持管理をしたりと、魔力が弱くてもできるものだった。

副筆頭魔導士のレッドバーンのほうが立場は上であるけれど、カーロのほうが年上で職歴も長い。だからレッドバーンは彼の顔を立てて、下手《したて》に出ていた。

「挨拶《あいさつ》もまともにできないようでは、風紀が乱れる。副筆頭魔導士であるのに、そんなことも分からないのですか？」

嫌みたらしい口調でカーロが言う。

「申し訳ございません」

「第一、あなたは――」

カーロが眉間の皺《しわ》に指を当てた。それは彼が長い説教を始めるときの癖である。カーロが次の言葉を紡《つむ》ぐ前に、レッドバーンがすかさず口を挟んだ。

「カーロ殿。王のもとに向かわねばなりませんので、失礼します」

「ああ、そうですか。せいぜいあなたの副筆頭魔導士の地位が奪《うば》われないように、王様のご機嫌伺いでもしてきてくださいよ」

ふんと鼻息を荒くしたカーロの脇を、シュタルとレッドバーンは足早に通り過ぎる。声が届かない距離まで離れると、シュタルは小さくため息をついた。

「朝からついてませんね」

「そうだな……」

二人で顔をあわせて苦笑する。

何かあるたびにレッドバーンに嫌みを言うカーロのことが、シュタルは苦手だった。自分の師匠が悪く言われると、自分が悪く言われるよりも嫌な気持ちになる。そして、彼がレッドバーンに嫌みを言う理由も分かりきっていた。

「筆頭魔導士とか副筆頭魔導士になりたかったのなら、どうしてもっと努力しないんでしょうか？」

宮廷魔導士の世界は、完全実力主義だ。レッドバーンは二十六歳という若さでありながら、その強い魔力により副筆頭魔導士という地位に就《つ》いている。ちなみに、現筆頭魔導士も、三十一歳という若さだ。

カーロは自分より若い者が上司であることが気に入らないのだろうけれど、ならばもっと努力すればいいだけのことだとシュタルは思っている。

「あの人も、ああ見えてかなり努力をしている。ただ、それに結果が伴《ともな》わないから苛《いら》ついているだけだ。シュタルだってあんなに修業しているのに、魔力が強くならないだろう？」

「そうですけど、それは私の努力が至らないせいです。修業の成果がでないからといっても、魔力の強い人を恨んだりはしません」

副筆頭魔導士の弟子でありながら、いくら修業してもシュタルの魔力は弱いままだった。それもあって努力が実らない辛さは分かるけれど、だからといって人にあたってもいいという免罪符《めんざいふ》になるとは思わない。

「まあ、シュタルの場合、魔力の弱さを頭で補えるのはすごいことだ」

レッドバーンはそう言うと、シュタルの頭をぽんと撫《な》でる。

「強い魔術が必要になるような場面で、弱い魔術での代案を考えつくだろう？　きちんと魔術の勉強をしているおかげで機転が利くわけだ。そこは誇っていい」

「……ありがとうございます！」

レッドバーンに褒《ほ》められて、シュタルの顔がにやける。

そうこうしているうちに、二人は王宮まで辿り着いた。

魔導士棟から王宮までは、歩いて五分ほどの距離である。建物を繋《つな》ぐ道には屋根がついているので、雨の日でも傘を差す必要はない。

藍色《あいいろ》だった空は白ばみはじめていた。

魔導士棟の道から繋《つな》がっている西門の前で、レッドバーンの姿を見た衛兵が敬礼をする。軽く挨拶《あいさつ》を交わしたあと、レッドバーンたちは王族の部屋がある階へと向かった。王族の部屋とあって、辿り着くまでに沢山の衛兵に会うけれど、皆、顔を見るなり用件を聞かずに通してくれる。

宝石が埋めこまれたひときわ豪奢《ごうしゃ》な扉の前で待つこと数分、ようやく扉が開かれた。中では王と王妃が待ち構えている。

この国で一番偉い人物を前にして、レッドバーンたちは最敬礼をとる。

「おはようございます」

「おはよう。今日もよろしく頼む」

王の言葉を受けて部屋に入ると、レッドバーンは祝福の呪文を唱えはじめた。王族の繁栄を願う祝福の儀から、王の一日ははじまるのだ。

レッドバーンの補佐をするのがシュタルの役目である。古くからの伝統に則《のっと》ったこの儀式には、手鏡やら水晶やら沢山の道具を用《もち》いるので、滞《とどこお》りなく進められるようにレッドバーンに道具を渡すのだ。

祝福の儀を終えると、レッドバーンたちは速やかに魔導士棟に帰り、食堂で朝食をとる。

その頃には空はすっかり明るくなっていた。


朝食後、二人は魔導士棟の第一資料室へと向かった。

資料室といえど名ばかりで、実際に資料が置いてあるわけではない。部屋の中には、遺跡や採石場から発掘された古物《こぶつ》が沢山並べられていた。

これら古物《こぶつ》が呪われているかどうかを調べる古物《こぶつ》鑑定が、午前中の仕事である。

この世界において、呪いは自然現象の一部だ。あたりまえに存在し、人間が風邪を引くのと同様に、物がいつのまにか呪われることがある。

呪いには様々な種類があった。軽い呪いなら人間への影響はないが、強く呪われた物は人間に病《やまい》をもたらしたり、精神を乱したりと悪影響を与え、最悪の場合は死に至らしめる。

特に遺跡で発掘されるような古物《こぶつ》は、人目に触れないまま長い時間を経《へ》ることで、呪いが強力になっている場合もある。万が一、強く呪われた古物《こぶつ》が博物館で展示されれば、あっという間に疫《えき》病《びょう》が広がり、最悪の場合は国が滅びてしまうだろう。

しかし、普通の人間にはその物が呪われているかどうか判断できない。だからこそ、こうして優秀な宮廷魔導士たちが古物《こぶつ》鑑定を行っているのだ。

古物《こぶつ》鑑定は地味ながらも重要な仕事であり、強い呪いの解呪は難しいので、高位の魔導士の立ち会いが必要となる。今日の立ち会いは副筆頭魔導士であるレッドバーンで、弟子のシュタルを含めた数名が古物《こぶつ》鑑定を行っていた。

シュタルが並べられた古物《こぶつ》のひとつを手に取ると、肌が粟立《あわだ》つ。

「兄様。そんなに強くはないみたいですが、これが呪われています」

シュタルはその古物《こぶつ》をレッドバーンに差し出した。受け取ったレッドバーンが解呪の呪文を唱えると、古物《こぶつ》が淡い光を放つ。彼の周囲にきらきらと光の粒子《りゅうし》が舞い、雪のように消えていった。

「解呪したぞ」

レッドバーンは古物《こぶつ》をシュタルに返した。触っても、もう嫌な感じはしない。

このように、軽い呪いの解呪は簡単だった。

しかし、シュタルは理由があって、解呪の術を使うことができない。呪いがかかっているものを見つけても、解呪はレッドバーンに任せていた。

シュタルは解呪が済んだ古物《こぶつ》を取り分けると、未鑑定の古物《こぶつ》を検《あらた》めていく。

古物《こぶつ》鑑定に勤《いそ》しんでいると資料室の扉がノックされ、魔導士が入ってきた。

「レッドバーン様。今日の三時から王宮の会議室で、合同軍議に関する会議があるそうです」

「ああ、分かった。ご苦労」

レッドバーンが返事をすると、伝令係の魔導士が帰っていく。すると、先月宮廷魔導士になったばかりの新人が興味深そうに訊《たず》ねた。

「レッドバーン様、合同軍議ってなんですか？　最近よく聞くんですけど、僕、分からなくて……」

「ああ、お前は王都の外から来たんだったな。じゃあ、合同軍議を知らなくて当然か」

面倒見のいいレッドバーンは、新人に説明を始める。

「六年前に戦争があっただろう？」

「はい。帝国軍が攻めてきましたよね」

新人が頷く。そう、六年前にこのブルーク国の北に位置する帝国が、領土拡大のために攻めこんできて、大きな戦争が起こったのだ。

「そうだ。そのとき、隣国のホワイタル国が援軍を出してくれたおかげで帝国軍を追い返すことができたが、帝国軍がいつまた攻めこんでくるか分からない。だから帝国との国境付近は、俺たちブルーク国と、隣のホワイタル国が連合で騎士と魔導士を置いて警備している」

そう言いながら、レッドバーンがちらりとシュタルを見る。彼の意図をくみ取り、シュタルが続きを説明することにした。おそらく彼は、シュタルが合同軍議のことを新人に説明できるほど理解しているのかどうか、確かめるつもりなのだろう。

「その両国連合の兵の配置について見直したり、帝国軍が攻めてきたらどういう布陣をとるかを話したりするため、年に一度、ホワイタル国の人を招いて一週間ほど会議をするの。それを合同軍議って言うんだよ」

その説明に、レッドバーンは満足したように頷く。

「二国が合同で大がかりな軍議を開くことは、帝国への牽制《けんせい》にもなる。ホワイタル国から軍隊がやって来るし、向こうの国の筆頭魔導士も来るぞ」

「へえ……。ホワイタル国の筆頭魔導士って、どういうかたなんですか？」

新人が興味深そうに聞くと、その場にいた魔導士たちは顔を見あわせた。

「俺より少し年上の女性だ。ちなみにこの国とは違って、ホワイタル国の魔導士は女性ばかりだぞ」

レッドバーンの答えに、新人は驚いて目を瞠《みは》る。

「筆頭魔導士が女の人なんですか？　魔力を生まれ持つ女の人は少ないって聞いたことがあるんですが、魔導士が女性ばかりの国っていうのもすごいですね。うちとは逆だ」

彼の言うとおり、ブルーク国の宮廷魔導士はほとんどが男である。女はシュタルを含めて一割にも満たない。

「つまり、今回の合同軍議では女性魔導士が沢山来るわけだ。彼女たちはみんな、この魔導士棟に宿泊する。ちなみに合同軍議が終わると、魔力が弱まって宮廷魔導士を辞める者が毎年必ずいるから、お前も気をつけろよ」

そのレッドバーンの言葉に、資料室の中にいた男の魔導士たちはにやにやと笑った。

だが、シュタルはどうして毎年そんなことが起こるのか、まったくもって分からない。シュタル以外は全員――合同軍議のことを知らなかった新人でさえも意味が分かるようで、彼も「あっ、そういうことですか」と呟いている。

「前々から気になっていたんですが、何が理由でそうなるんですか？」

シュタルは訊《たず》ねてみた。

魔導士の持つ魔力は有限なのか、ある日突然、魔力を失い宮廷魔導士を辞職する者が、年間を通してそれなりにいる。しかも、なぜか合同軍議の時期に集中して現れるのだ。

シュタルは気になって仕方ないけれど、その場にいる魔導士たちはシュタルの問いには答えず、全員がレッドバーンを見る。教えてよいのかどうか、迷っている様子だ。

「兄様、勉強のために教えて頂けませんか？　軍議期間以外でいきなり魔力が弱まって辞職する人は三十歳より上の人が多いですけど、軍議期間に魔力が弱まるのは、二十代の若い男の人ばかりですよね？　それも気になっていて……」

シュタルは期待に満ちた眼差しを向けるが、レッドバーンは首を横に振った。

「その件については、今回の合同軍議が終わって落ち着いたら説明しよう。お前の魔力が弱まることはないから、心配するな」

やはり今回も教えてもらえなかったが、合同軍議が終わったら説明するとの言葉に、シュタルはぱっと表情を輝かせる。

レッドバーンは誠実な男で、めったなことでは嘘をつかないのだ。

「本当ですか？　本当に、教えてくれます？」

「ああ、本当だ」

ようやく長年の疑問が解けると思うと、とても嬉しくなる。

シュタルはご機嫌になりつつ、古物《こぶつ》の鑑定を続けた。


昼食のあと、三時までは休憩の時間だ。宮廷魔導士たちは朝が早いので、この時間に休憩として昼寝をするのが習慣になっている。

レッドバーンは部屋に戻ると制服を脱いで下着姿になり、ベッドに横になった。シュタルは彼の制服をしっかり畳《たた》んでから、自らも下着姿になって同じベッドに入る。

彼はシュタルの体を抱きしめながら、午前中の仕事で唱えたものとまったく同じ解呪の呪文を唱えた。

すると、シュタルの体がほんのりと温かくなっていく。レッドバーンの逞《たくま》しい腕に抱かれたシュタルは、気持ちよさそうに目を細めた。

「気持ちいい……」

嫌なものが体から抜けていく感触に、シュタルがぽつりとこぼす。

「兄様。私の呪い、なくなりましたか？」

答えは分かりきっているものの、毎日聞かずにはいられない。

「……まだだな」

シュタルを優しく抱きしめたまま、いつもと同じようにレッドバーンは答えた。

条件が揃うと、物だけではなく人間も呪われてしまう。実は、シュタルも呪われているのだ。

六年前の帝国軍との戦争で、国境付近にあったシュタルの村は真っ先に焼かれ、シュタルは自分の親や村人など、沢山の人が死ぬのを目の当《まあ》たりにした。

多くの非業《ひごう》の死を目にすると、呪いがかかることがある。しかも若ければ若いほど呪われる確率が高くなるのだ。当時十三歳だったシュタルは見事に呪われてしまった。

「私も早く、自分で解呪の作業がしたいです」

もどかしそうに、シュタルが呟く。

呪われている人間は、解呪の呪文を使うことができない。だからシュタルは古物《こぶつ》鑑定で呪いを見つけても、解呪はレッドバーンにお願いしていたのだ。

「ああ、早くその日が来るといいな」

レッドバーンは優しく言う。薄い肌着越しに彼のぬくもりを感じて、シュタルはどきどきしながら目を閉じた。

人間は呪われても、すぐに死ぬわけではない。放置しておけば体調を崩し、やがては命を落とすが、解呪の方法もあるのだ。ただ、そのためには大がかりな儀式が必要とされていた。それは体への負担も大きく、後遺症が残る可能性もある。

しかし、強い魔力を持つレッドバーンは、肌を密着させて解呪の呪文を唱えることで、人間の体から呪いを少しずつ追い出すことができた。

だから彼は、シュタルの体に大きな負担をかけて一気に解呪するのではなく、毎日少しずつ解呪する方法を選択した。そのおかげで、シュタルは呪われていても普通に生活できている。

とはいえ、シュタルはもうすぐ十九歳だ。そんないい歳をした自分が、解呪のためとはいえ恋人ではない男と下着姿で抱きあうなんて、ふしだらなように思えてしまう。

けれど、こうして抱きしめられると、安心する自分もいた。親がいない今、シュタルを無条件で抱きしめてくれるのはレッドバーンだけである。伝わってくる彼のぬくもりは、六年前からずっと変わらない。シュタルはふと昔のことを思い出した。

初めてレッドバーンを見たあの日、美しい彼に見惚《みと》れた。憧れは、彼の弟子として毎日一緒に過ごすうちに、いつしか恋情に変わった。それを恋だと自覚したのは、二年くらい前のことだろうか？

けれど、この胸のうちを気付かれるわけにはいかない。

レッドバーンは潔癖《けっぺき》な男だ。シュタルが彼の弟子になってからというもの、浮いた噂《うわさ》ひとつ聞いたことがない。

端整な顔立ちをしているので宮廷の女官に人気があるが、どんな美女に告白をされてもいつも冷たい態度で断っていた。弟子であり、行動をともにする機会が多いシュタルは、彼が女性を振っている光景を何度も見たことがある。

そんな彼に恋心を抱いていると知られれば、下着姿で抱きあう必要がある解呪なんてやめてしまうかもしれない。彼と触れあう時間がなくなることは耐えがたかった。

だからシュタルは、この思いに蓋をする。

赤い顔がばれないように、彼の胸板に顔を埋《うず》めた。とくんとくんと、心臓の穏やかな音が聞こえる。シュタルはその音が大好きだった。心地よい音を聞きながら、いつしか眠りに落ちていく。

それはシュタルにとって、一日の中で一番幸福な時間であり、辛い時間でもあった。


朝はシュタルがレッドバーンを起こすが、休憩のときは逆になる。

「シュタル、そろそろ起きろ」

レッドバーンに肩を揺すられて目を覚ますと、午後の仕事が始まる十五分前だった。

「俺は会議があるから、王宮に行ってくる。お前は俺の執務室《しつむしつ》で書類の整理をしておいてくれ。多分、色々届いているはずだ」

「はい」

レッドバーンは言い終えてすぐ、素早く着替えて部屋を出ていく。シュタルものろのろと起きて身支度を済ませ、言われたとおりに魔導士棟の中にある彼の執務室《しつむしつ》へと向かった。

その道すがら、シュタルは会いたくない人物と鉢あわせしてしまう。

「カーロ様……」

朝といい今といい、今日はよくカーロに会う日だ。会釈《えしゃく》をしつつ脇を通り過ぎようとすると、彼に呼び止められる。

「シュタル、待ちなさい」

「………」

シュタルは嫌々ながらも、ぴたりと足を止めた。そんなシュタルの姿を、カーロは頭からつま先までなめ回すように見る。彼の蛇に似た視線はなんとも気持ちが悪い。

「ふむ。午後の仕事が始まるまで、まだ時間があるな」

シュタルの肩に手を回し、カーロが語りかけてきた。

風紀長という名ばかりの役職であっても、彼はシュタルより上の立場だ。邪険にはできない。肩を撫《な》でられて、全身が怖気《おぞけ》立つ。レッドバーンがいたら止めてくれるのだろうが、カーロはレッドバーンがいないときに限って絡んでくるのだ。

「ちゃんと勉強はしているのか？」

「はい、きちんと励んでおります」

シュタルは無機質な声で答えた。

「そうか、ならばよい」

にやにやと薄汚い笑みを浮かべたままのカーロは、肩から手を離してくれそうもない。

「あの、カーロ様。私、急いでおりますので」

「少し話をしようではないか。軍議の時にはホワイタルの女性魔導士たちが来るだろう？　彼女たちによりよい環境を提供するために、風紀長として女性魔導士の意見を聞きたいと思っている。これも重要な仕事だ」

「し、仕事ですか……」

仕事と言われると、断りにくい。そもそも意見を出すのはよいけれど、こうして体に触れられることは不快である。とはいえ、カーロはとても気難しいので、無理に手を払って機嫌を損ねたら、あとで師匠であるレッドバーンが嫌みを言われてしまう。

レッドバーンは会議中なので、絶対にここには来ない。自分でなんとかするしかないのだが——さあ、どうやってこの場を切り抜けようかと考えたとき、「カーロ様！」と大きな声がした。

振り向くと、シュタルの同期であるコンドラトがこちらにやって来るところだった。亜麻色《あまいろ》の髪を真ん中で分けた彼は、人懐こい笑みを浮かべている。

「どうした、コンドラト」

シュタルの肩から手を離しながら、カーロは眉間に皺《しわ》を寄せる。シュタルはほっとして、そそくさとカーロから離れた。

「とてもいいものが手に入りまして、カーロ様にもお渡ししたいなあ、と」

「ほう」

カーロはにやりと口角を上げる。コンドラトは人あたりがよく、気難しいカーロとも上手に付きあえる貴重な男だ。

彼はカーロと小声でひそひそと話しつつ、後ろ手を軽く振り、シュタルに「行け」と合図をする。シュタルは心の中でお礼を言いながらレッドバーンの執務室《しつむしつ》へ行き、仕事をこなしたのだった。


一日の仕事を終え、食堂で夕食をとったあと、シュタルは湯浴みを済ませた。

女性の宮廷魔導士は少なく、入浴時間もバラバラなので、広い浴場はほぼ毎日独り占め状態である。しかし来月はホワイタルの宮廷魔導士が来るので、この浴場も賑《にぎ》やかになるだろう。

浴場を出ると、同じタイミングで入浴を済ませたレッドバーンに会った。二人の部屋は隣同士なので、一緒に部屋まで戻る。

「いよいよ来月だな」

「ええ、そうですね。軍議中は忙しいですが、ホワイタル国の皆さんに会えるのが楽しみです！」

「いや、軍議もあるけど、お前の誕生日の話だ。合同軍議期間の真っ最中に十九になるだろう？」

「あっ」

忙しくて自分の誕生日をすっかり忘れていたシュタルは、レッドバーンが覚えていたことに驚く。

彼のほうが軍議の準備で忙しいはずなのに、きちんと覚えていてくれたことが嬉しくて、胸がぽかぽかと温かくなった。

「ついにシュタルも十九歳か。お前の村では十九になると成人として認められたんだったな？」

「はい！」

シュタルはこくこくと頷く。

そんなことまで覚えていてくれたなんてと、さらに心が弾《はず》んだ。

昔、レッドバーンへ村の話をしたついでに、村での成人年齢についても口にしたことがあった。ここブルーク国では十六で成人と認められるのだが、シュタルの村では十九にならないと一人前として認めてもらえず、婚前の妊娠などの特例を除いては結婚もできないのだ。

「軍議期間中は忙しいが、終わったら連休がもらえる。そしたら祝ってやるから」

「ありがとうございます！」

「何か欲しい物はあるか？」

「えっ……、えーと……すみません、特に思い浮かびません」

魔力を上手に使えるようになりたいとは思っているけれど、特に欲しい物などは思い浮かばない。シュタルにしてみれば、村がなくなったのにこうして成人を祝ってくれる人がいるだけで充分だった。

「じゃあ、適当に用意しとくな」

「はい」

会話をしているうちに、部屋に着く。

「おやすみ、シュタル」

「おやすみなさい、兄様」

兄に対して持つはずがない感情を抱きながらも、シュタルはレッドバーンのことを兄様と呼んだ。

レッドバーンは本当の兄のようにシュタルのことを大切にしてくれる。ほのかな恋情を抱いている身としては複雑なものの、彼の厚意は素直に嬉しい。

部屋に入ったシュタルは、鏡台の前に腰を下ろす。鏡台の引き出しを開くと、そこには今までレッドバーンからもらった誕生日のプレゼントが大切にしまわれていた。

シュタルの瞳と同じ藍色《あいいろ》をした髪飾り、花をモチーフとした大人っぽいブローチ、大きな銀の輪のイヤリング、色鮮《あざ》やかなブレスレット、そして美しい細工が施《ほどこ》されたネックレス。

すべて年頃の女性が喜びそうなものだ。普段は宮廷魔導士の制服に身を包んで装飾品は身につけないシュタルだけれど、レッドバーンはそれにもかかわらず装飾品を贈ってくれる。そのたびにちゃんと女性として扱ってもらえている気がして、胸が温かくなるのだった。

今年は何をくれるのだろうかと楽しみに思いながら、シュタルはそっと引き出しを閉じた。

◆◆◆◆◆

合同軍議まで、あと二週間に差し迫った日の朝。

「今日は薬草を採りに行く。準備しろ」

レッドバーンがパンを食べながら言った。

「いきなりですね？」

突然の提案に驚いて、シュタルはスプーンを落としそうになる。

「手の空《あ》いてる奴らに薬草採取を頼んでおいたのが届いたんだが、使えないものばかりでな。自分で採りに行ったほうが確実だ。軍議の準備もあるし、一日時間をかけられるのは今日しかない。だから、行くぞ」

魔術には薬草を使う分野もあるけれど、どんな薬草でもいいわけではない。上質な薬草を選ばなければならず、それを見極めることは難しいのだ。

「魔導士にとって薬草学も大事なのに、最近の若い奴らは薬草学に見向きもしない。地味だと感じるのは分かるが、大事なことだぞ」

ため息まじりにレッドバーンが口にした言葉は、シュタルの耳にも痛かった。

「うっ……私も精進します」

実は、シュタルは薬草学が苦手だった。

それというのも、この国は作物がよく育つが、国境付近にあったシュタルの村はそこまで土壌《どじょう》が豊かではなく、決まった植物しか育てることができなかったのだ。村に生えるのはごく一部の草花ばかりで、それらがシュタルにとっての植物のすべてだった。

だからシュタルは、王都に来て「こんなに沢山の植物があるなんて」と驚いた。花屋を見ても、知っている花のほうが少ない。シュタルにしてみれば、王都で初めて出会った薬草はどれも同じに見えてしまう。

そのせいで、魔術に用《もち》いられる薬草の名前と効能は暗記しているものの、実物の判別は不得意だった。

「お前は情報だけは頭にあるが、実際の知識が全然足りていないだろう？　だから、沢山実物を見て見て覚えるしかない」

「はい、頑張ります」

副筆頭魔導士とあって、レッドバーンは魔力が強いだけではなく、知識量も膨大である。部屋を埋め尽くさんばかりの大量の本にはすべて目を通しているし、入りきらない本を置くためだけに、わざわざ外に倉庫を借りているほどだ。魔導士用の魔導図書館にすらない禁書さえ持っているという噂《うわさ》もある。

そんなレッドバーンの弟子として、もっと精進《しょうじん》しなければと、シュタルは思った。シュタルも一生懸命に勉強をしているけれど、経験が足りていない。

薬草だってレッドバーンが一人で採りに行ったほうが早いのに、わざわざシュタルを連れていくのは教育のためだ。忙しい時期なのに弟子のことまで考えてくれる彼が師匠だったことは、幸運である。

朝食後、シュタルは遠出の準備をした。食堂のおばさんに声をかけて、弁当を用意してもらう。ほかにも籠《かご》や麻袋を準備して寮《りょう》の外に出ると、レッドバーンが厩舎《きゅうしゃ》から葦毛《あしげ》の馬を連れてきていた。彼の愛馬だ。宮廷魔導士は、役職につくと馬を下賜《かし》され、王宮の厩舎《きゅうしゃ》に馬を預けることができる。

この葦毛《あしげ》の馬はレッドバーンの二代目の馬だった。宮廷魔導士には、扱いやすい茶色の馬か、気性は荒いが足が強い黒馬、そして魔力に敏感な白馬などが人気である。しかし、レッドバーンはそのどれでもない葦毛《あしげ》の馬を選んだ。

博識な彼のことだから、葦毛《あしげ》の馬が何か優れた能力を持っているのかと聞いてみたところ、「お前の髪の色に似てるから選んだだけだ」と言われて、胸の奥がくすぐったい気分になったことを、シュタルは今でもよく覚えている。

二人は葦毛《あしげ》の馬に乗り、王都の外れにある森へと向かった。

シュタルは馬に乗れないため、馬で移動するときはレッドバーンの前に乗せてもらう。

おかげで、自分の背中とレッドバーンの逞《たくま》しい胸板が密着して、どきりとした。

戦争が始まれば魔導士も戦地にかり立てられるので、彼は体を鍛《きた》えている。魔導士に筋肉は必要ないと言って全然運動をしない者もいるが、六年前の戦争ではそういう奴から死んでいったと、レッドバーンはよく言っていた。

レッドバーンは手綱《たづな》を操《あやつ》るために両手を前方に出しており、まるでシュタルを抱きしめているような体勢である。毎日の解呪のときも抱きあっているけれど、乗馬の際はまた別なときめきを感じるのだった。

森に着くと、湖で馬に水を飲ませてから薬草を採取する。田舎《いなか》育ちのおかげか、シュタルは薬草の判別は苦手なものの、植物が上質かどうかを見極めるのは得意だった。

「兄様、これはどうですか？」

むやみに薬草を抜くわけにはいかないので、レッドバーンを呼んで聞いてみる。

「よく見つけたな、これはいい。ちなみに、隣にも草が生えているだろう？　これも薬草で、名前は――」

　彼はシュタルに薬草の名前を教えながら採取した。

　お昼の時間には、二人で持ってきたお弁当を食べる。そのあとは三時まで休憩の時間であり、それは外に出ても変わらない。

　この薬草の採取場所は、レッドバーンが見つけた秘密の場所だった。馬に水を飲ませるのにちょうどよい小さな湖もあるし、湖のおかげで周囲に沢山の薬草が生えている。

　この場所に辿り着くには複雑な道を進まねばならないせいか、いつ来てもレッドバーン以外の人物が訪れた形跡はなかった。もしかしたら、彼がこっそり人避《ひとよ》けの結界を張っているのかもしれない。

　今ここにいるのは二人と一頭の馬だけだ。部屋の中ならともかく、野外で服を脱ぐのは恥ずかしいけれど、今日も解呪をしてもらわねばならず、シュタルは下着姿になった。そうして、同じく下着姿で胡座《あぐら》をかいているレッドバーンの膝の上に座る。

　レッドバーンはシュタルを抱きしめると、外套《がいとう》で二人の体をくるんだ。厚手の生地でできた外套《がいとう》はとても温かく、これなら風邪をひかないで済む。

　解呪の呪文が終わったところで、シュタルはレッドバーンから離れようとしたが、彼はシュタルを抱きしめたまま離さなかった。

「に、兄様っ。離してください」

「いつもなら昼寝している時間だろう？　寝ておけ」

「いつもはベッドじゃないですか。ここは野外ですし、何より兄様の膝の上で寝るなんて、できません」

「俺のことなら気にするな。お前だって、馬に乗ってるだけでも体力を使うだろ？」

「でも……」

シュタルの口答えを許さず、レッドバーンは詠唱を始めた。すると、たちまち眠くなる。どうやら彼は眠りの呪文を唱えたようだ。

「にいさ、ま……」

「おやすみ、シュタル」

シュタルを膝に乗せたままで、足が痛くならないのだろうか？　彼は自分を甘やかしすぎだと思いながら、シュタルは眠りに落ちていった。

そして、三時ちょうどにシュタルは起こされた。のろのろと服を着て、薬草採取を再開する。しばらくして、籠《かご》いっぱいに薬草を集めた二人は、馬に乗って帰路へとついた。

その途中、シュタルがふと呟く。

「私も馬に乗れるようになったほうがいいですか？」

「ん？　どうしてだ？」

「二人乗りだと、兄様が疲れませんか？　自分の馬は持てなくても、外出の際に供用の馬を貸してもらえますよね？」

レッドバーンに下賜《かし》されたのは軍馬なので、二人と荷物を乗せて走るくらいは問題ない。しかし、騎手である彼は大変ではないのかと気になってしまうのだ。

「俺はお前が馬に乗るのを見ているほうが、落ちないかヒヤヒヤして疲れると思うぞ」

「なっ……」

そこまで運動神経は悪くないはずだと、シュタルはむっとした。

「そもそも、仕事をしながら馬術を覚えるのは大変だ。それより薬草学をやれ、薬草学を。馬に乗る必要があるときには、俺が乗せてやるから」

「うっ、それはそうですけど……。でも、なんでもかんでも兄様に頼むわけにはいきません」

「馬を使う用事なんて、薬草を取りに行くぐらいだろう？　それ以上の遠出なら、おそらく俺もついていくだろうし」

「だけど、巷《ちまた》では遠乗りデートがはやってるって聞きましたよ」

最近、馬に乗ってのデートが人気だと耳にしていたので、シュタルは何気なく口にしてみた。

「デート？　なんだお前、そんな相手がいるのか？」

からかうような口調でレッドバーンが問いかけてくる。

「い、いないですけど……！　でも、はやってるってことは、楽しいってことでしょうし、一度くらいはしてみたいです」

「じゃあ、俺が連れてってやる」

「えっ」

レッドバーンの答えに、一瞬どきりとする。しかし、続けられた言葉に、すぐに落胆《らくたん》することとなった。

「馬に乗れなくてもいいぞ？　俺の馬に一緒に乗せてやるから。そしてデートの最後に薬草をつんで帰ってこよう」

「それはデートじゃなくて、ただの薬草取りじゃないですか」

「一石二鳥《いっせきにちょう》だ。ともかく、お前が馬に乗れるようになる必要はない」

はははとレッドバーンが楽しそうに笑うので、シュタルもつられて笑ってしまう。

「兄様は私を甘やかしすぎじゃないですか？　最近は女性だって、馬に乗りますよ」

「お前は俺の可愛い弟子だから、ついつい甘くなる。……いいんだよ、俺に甘えれば。第一、馬から落ちたら最悪死ぬぞ。馬を御《ぎょ》するのはお前が思っているより難しい。そんなこと、お前にやらせたくはない。それとも、お前は俺と一緒に馬に乗るのが嫌か？」

「そ、そんなことはないです……！」

「じゃあ、思う存分、俺に甘えてくれ」

すでに沢山甘えていると思うのに、彼は自分をどれだけ甘やかすつもりなのか。それとも、師匠というのは弟子をここまで甘やかすものなのだろうか？

いずれにせよ、彼に甘やかされるのはとても心地よいし、彼の言うとおり、馬術ではなく薬草学を頑張ろうとシュタルは心に誓った。

◆◆◆◆◆

軍議の準備自体は三ヶ月前から行われるが、直前の一週間が一番忙しい。

シュタルの仕事は師匠であるレッドバーンの補佐が主なものであるが、上層部の集まる会議への参加を許されているわけではない。なので、朝に彼を起こすときと昼の休憩のとき以外は、ほとんど顔をあわせていなかった。

そして、軍議まであと三日に迫った夜だった。

シュタルは一日の仕事を終え、ようやく部屋に戻る。入浴したばかりで濡《ぬ》れている髪をタオルで拭《ふ》きながら、薬草学の本を眺めていた。

「えーと、ここは……」

呟きつつ確認をしていると、一瞬視界が歪《ゆが》む。

「……?」

この時期はいつもより忙しいけれど、昼の休憩時間は確保されているので、きちんと仮眠をとっているし、無理をしているわけではない。まさか風邪でも引いてしまったのだろうかと思っていたら、急激に体が熱くなった。

「…………っ!」

体を流れる血が、燃えるような感覚におちいる。

「なっ……」

毎日レッドバーンに解呪をしてもらっているから、呪いのせいで魔力が乱れるはずはない。それなのに、シュタルの体を流れる魔力が急に不安定になり、体が震えだした。

「なに、これ……」

頭がくらくらして、喉《のど》が渇く。そしてお臍《へそ》の下がじんじんしてきた。体の中心が妙に熱い。

シュタルは助けを求めるため、隣室への扉を開けた。だが、レッドバーンはまだ仕事から戻っていない様子だ。

「兄様……っ」

シュタルは床に膝をつく。その拍子に床に積まれていた本の山を崩してしまうが、元に戻す余裕すらなかった。レッドバーンの部屋に漂《ただよ》う彼の匂いに、さらに頭がくらくらしてくる。

まるで粗相《そそう》をしたみたいに、足の付け根からじわりと液体が滲《にじ》みはじめた。月のものがきたのかと寝衣の裾をまくり上げて確認したけれど、出血した気配はない。

陰部がじんじんとして、シュタルは内腿《うちもも》を擦《す》りあわせる。自分の体に何が起こっているのか分からず、とても怖かった。

「んうっ……」

思わずもがいたところ、指先が布に触れる。それはレッドバーンの外套《がいとう》だった。何気なくたぐり寄せると、その匂いがふわりと鼻に届いて、ここにはいない彼の存在を強く感じる。

「……っあ」

お腹の奥が疼《うず》き、熱を帯びたその場所がひくひくと震えた。

「ど、どうしよう……」

シュタルは外套《がいとう》を抱きしめながら、何度も内腿《うちもも》を擦《す》りあわせた。そうすると幾分疼《いくぶんうず》きがましになる気はするが、体を支配する熱は一向に治まる気配がない。

混乱して顔が熱くなり、涙目になったとき――ガチャリと扉が開けられ、レッドバーンが部屋に入ってきた。

「兄様……！」

「シュタル！　どうした？」

廊下に繋《つな》がる扉は別として、シュタルの部屋と繋《つな》がっているほうの扉には鍵がかからないので、シュタルがレッドバーンの部屋にいることに、彼は何の疑問も抱かない。

シュタルが涙目でうずくまっているのを見て、レッドバーンは手にしていた書類を投げ出してかけ寄ってきた。

「大丈夫か？　顔が赤いな、熱でも出たか？」

「分からないです……。なんか、体っ、じんじんして……」

「じんじん……？」

こみ上げてくる疼《うず》きに、シュタルはまたもじもじと内腿《うちもも》を擦《す》りあわせる。それを見たレッドバーンは、「あ」と声を上げた。

「まさか……いや、まだ早すぎる。しかし、呪いの影響で体内時計が狂ってる可能性も……」

「兄様……？」

何か原因を知っていそうな口ぶりに、シュタルはほっとする。レッドバーンならば、きっとなんとかしてくれるという信頼があった。

「シュタル。お前に今起きているのは、女性の魔導士特有の現象だ。病気でもなんでもないし、命に関わるものでもないから、とりあえずは安心しろ」

「はい」

やはり、彼はシュタルの身に何が起きているかを把握している。説明を期待して見つめると、レッドバーンは言いづらそうに視線を背けた。

「……で、その現象だが――発情期だ」

「発情期……って、猫とかの……？」

予想もしていなかった答えに、シュタルはぽかんと口を開ける。

「女性の魔導士は二十歳を超えると、定期的に発情するようになる。自分で慰《なぐさ》めて快楽を極めれば静まるんだが……お前、自慰《じい》をしたことがあるか？」

「なっ……ないです！」

自慰《じい》という単語に、シュタルは顔を真っ赤にしてぶんぶんと首を横に振った。単語の意味は知っているけれど、それは男性がするものだと認識していたし、しようと思ったことなど一度もない。

「まあ、そうだよな。しかしこのままでは、いつまでたっても静まらない。対策をとらないと魔力も乱れて、そのうち精神がおかしくなる」

「そんな……」

「……俺がなんとかしてやろうか？」

レッドバーンは少し頬を染めながら、しかし真剣な表情でシュタルを見つめてきた。

「兄様……」

「知識としてこの現象を知ってはいるが、さすがに発情している女魔導士を慰《なぐさ》めた経験はない。上手くできるか分からないが、まあ、お前が自分でやるよりはマシだろう。俺はお前より長く生きているぶん、多少は色事の知識がある」

レッドバーンは手を伸ばし、シュタルの背中を優しく撫《な》でた。

「お前を放ってはおけない。恥ずかしいかもしれないが、俺に任せてくれないか？」

「……っ」

確かに恥ずかしいけれど、シュタルは自分を慰《なぐさ》める術《すべ》など知らないし、そもそも体が疼《うず》いて指先すらまともに動かせない。

シュタルは意を決して、こくりと頷いた。

「よし、いい子だ。とりあえず、ベッドの上に運ぶぞ」

レッドバーンはシュタルの体をひょいと抱き上げ、ベッドの上に横たえる。

「目隠しをしながらやるわけにはいかないから、お前の体を見ることになる。これは、解呪と同じように必要な処置だから、我慢してくれ」

そう言われて、シュタルは「はい」と震える声で答えた。

レッドバーンがシュタルの寝衣をまくり上げると、小さな下穿《したば》きが露《あら》わになる。恥ずかしさのあまり、シュタルは両手で顔を覆った。

レッドバーンは下穿《したば》きに手をかけ、ゆっくりと脱がしていく。疼《うず》いている部分が外気に触れて、ぴくりと腰が浮いた。

レッドバーンに対処をお願いしたものの、秘めた部分を暴かれる羞恥心《しゅうちしん》は消せず、シュタルはぴったりと両足を閉じる。しかし、彼はそれを責めることなく、優しく太ももを撫《な》でた。

「俺を信じて力を抜け」

「んぅ」

さわさわと撫《な》でられるとむずがゆい感覚がこみ上げてきて、すっと体の力が抜けていく。彼の手は白い太ももを撫《な》で回したあと、膝をつかみ、左右に割り開いた。

「やぁ……！」

両手で顔を覆っているというのに、シュタルはさらに目をぎゅっと閉じた。誰にも見せたことのない部分が、師匠であり好意を寄せている相手に見られていると思うと、いたたまれない気持ちになってしまう。

ごくりと、レッドバーンが唾を呑みこむ音が聞こえた。

「濡《ぬ》れてるな……」

シュタルの蜜口は愛液を滲《にじ》ませ、ひくひくとわなないている。淫唇《いんしん》はふっくらとしており、蜜口の少し上にある花芯《かしん》も充血してぷっくりと膨らんでいた。

「触るぞ……？」

蜜口をつんと指先でつつかれて、シュタルの腰が跳ねる。

「んうっ！」

レッドバーンは秘裂にそって指を這《は》わせた。くちゅくちゅと、淫猥《いんわい》な水音が部屋に響く。

「……っ、はぁ……」

触れられるたび、甘い痺《しび》れがシュタルの体を走っていき、思わず声が出た。それも、自分でも聞いたことがないような、妙に甘ったるい声色になってしまう。

「んうっ、あぁ……っ」

触れられていない奥の部分が、じんじんと熱くなる。その熱に呑みこまれるみたいに、シュタルの頭がぼうっとしてきた。堪《こら》えていた声がこぼれる。

「はぁん、んっ、あ――」

恥ずかしいけれど、声を出さずにはいられない。声が大きくなるにつれて、水音もどんどん淫《みだ》らなものになっていく。

ふと、レッドバーンの太い指が、蜜口の少し上にある花芯《かしん》に触れた。

「ひうっ！」

雷に打たれたような衝撃を受け、シュタルの腰が跳ね上がる。蜜口を撫《な》でられるのとは全然違う感覚だった。

「やあっ、んっ、そ、そこは――、ああっ！」

硬くしこったその部分をくりくりと指先でこねられて、シュタルの腰が揺れる。何度も何度も指で擦られた蜜口はさらにひくつき、愛液を滲《にじ》ませた。

レッドバーンの指先はシュタルの流したもので濡《ぬ》れそぼっており、秘芽《ひが》も濡《ぬ》れている。小さなそれを押し潰そうとして、つるんと脇に滑《すべ》ってしまうのか、レッドバーンの指先はまるで逃げるかのように動く秘芽《ひが》を執拗《しつよう》に追いかけた。

「はあっ、あっ、あぁ――」

敏感な部分を弄《もてあそ》ばれて、がくがくとシュタルの腰が震える。

触られているのは下腹部なのに、全身が敏感になっていた。体をくねらせれば、寝衣が体に擦れる感触にさえぞわぞわとする。寝衣の下で、胸の先端がぷっくりと膨らみ、薄布越しに己を主張し始めた。

それに気付いたレッドバーンが、少し口角を上げる。

「必要最低限の部分だけ触れようかと思っていたが、こっちも触って欲しそうにしているな」

片手は花芯《かしん》にそえたまま、レッドバーンはもう片方の手をシュタルの胸に伸ばした。そして、寝衣の上からこりこりとした胸の先端をつまむ。

「はぁん！」

薄布越しに乳首を強く擦られると、お腹の奥が強く疼《うず》いて、全身が燃えるように熱くなる。

しかし、秘芽《ひが》をいじる指の動きも止まらなかった。上半身も下半身も彼の指に翻弄《ほんろう》されて、シュタルは快楽の波に呑まれていく。

「あっ、兄様……ぁ」

たまらず彼のことを呼ぶと、ぴたりとレッドバーンの動きが止まった。胸からも花芯《かしん》からも指が離れて、シュタルは少しだけ残念に感じてしまう。

しかしそれも束の間、ごそごそという音が聞こえたあと、あらぬところに彼の息がかかった。まさかと思った次の瞬間、さんざんいじられてぷっくりと膨らんだ秘芽《ひが》に、濡《ぬ》れた生温かいものがそえられる。

それが舌だということは、すぐに分かった。指で触れるだけならともかく、まさか舐《な》めるなんてと、さらなる羞恥心《しゅうちしん》がこみ上げてくる。

そんなシュタルの気持ちを知ってか知らずか、レッドバーンの舌は執拗《しつよう》に花芯《かしん》を弄《もてあそ》んだ。

「ああっ！」

ぬるりとした感触に、シュタルはびくびくと体を震わせる。秘芽《ひが》を咥《くわ》えられると、甘い痺《しび》れどころか、強すぎる快楽が体を蝕《むしば》んでいった。

「やあっ、そこは……、っ、はぁ……」

「ここがいい場所なんだろう？　ああ――お前のここは、小さくて可愛いな。しかも美味《おい》しい」

レッドバーンは蜜口を指で擦りながら、咥《くわ》えた秘芽《ひが》を舌先で嬲《なぶ》る。唇でしっかりと包まれた粒はもう左右に逃げることはなく、彼の舌にされるがままになっていた。

「んうっ、あっ、あぁ……！　だ、だめ、そんな、両方は……んっ」

花芯《かしん》を攻められると同時に蜜口を愛撫《あいぶ》されると、何も考えられなくなってしまう。

「おね……がい、だめ、一気には……はぁ、ん……」

懇願《こんがん》するけれど、レッドバーンは動きを止めてくれない。敏感な秘芽《ひが》も、そのすぐ下の蜜口も、絶えず快楽を与えられ続ける。

シュタルは顔から手を離し、シーツをぎゅっと掴んだ。

レッドバーンが与えてくれる感触は気持ちよかったものの、初心《うぶ》な体には刺激が強すぎる。情けなく開いた口から、つうっと唾液《だえき》がこぼれ落ちた。だが、それをぬぐう元気さえない。

「ああっ」

嬌声《きょうせい》と共に腰が跳ね、蜜口が大きくひくりと震えた。割れ目をなぞるばかりだったレッドバーンの指先が、まるで捕食されるようにシュタルの内側へと誘われていく。

「んうっ！」

「シュタルの中、すごく熱い……」

濡《ぬ》れそぼった肉壁が、きゅうっとレッドバーンの指先に絡みついた。

「っあ……」

挿《い》れられたのは、ほんの指先だけ。しかも浅いところだったためか、シュタルは痛みを感じなかった。しかし快楽の波は止まることなく押しよせてきて、どうしたらいいか分からなくなる。

レッドバーンは秘芽《ひが》を舐《な》めながら、指先で膣《ちつ》の浅い部分をかき回した。

舐《な》められる音と、かき回される音、二つの水音が嬌声《きょうせい》に交じってシュタルの耳に届く。

体がどんどん熱くなってきて、やがて何も考えられなくなった。未知の感覚に、肌が粟立《あわだ》つ。

「に、兄様……、っ。どうしよう、私、私……っ」

「ん？　イきそうか？」

「イく……？　分からない、でも怖い……んっ、あぁぁ……」

自慰《じい》をしたことがないシュタルには絶頂の経験などない。だから、体の奥から何かがこみ上げてくる未知の感覚に、恐怖を覚えた。

「大丈夫だ、俺がついてるから、力を抜け」

「はあっ、……はぁ……！」

レッドバーンはじゅるりと強く秘芽《ひが》を吸い上げ、とがらせた舌先でそこをつついた。その瞬間、何かがシュタルの体をかけ巡っていく。

「――っ、あぁぁ！」

シュタルの腰は大きく浮き上がり、びくびくと全身が震えた。体の奥からとろりと大量の蜜が溢れてきて、レッドバーンの指を濡《ぬ》らしていく。シュタルの内側は彼の指先をしめつけ、わなないていた。

しばらく硬直したあと、シュタルはくたりと四肢《しし》をシーツの上に投げ出す。

「イったか……？」

そう囁《ささや》いて、レッドバーンは指を引き抜いた。彼の指先はふやけて、手の甲まで愛液で濡《ぬ》れている。愛液を舌で舐《な》め取り「甘い」と呟いた彼の声は、放心状態のシュタルには届かなかった。

快楽の余韻に浸っているシュタルからは羞恥心《しゅうちしん》も消え、恥ずかしい場所を隠すこともない。

「……大丈夫そうだな」

レッドバーンは投げ出されたシュタルの手を握った。

「おやすみ、シュタル」

レッドバーンが眠りの呪文を唱える。その優しい声色に、シュタルの意識は沈んでいった。


翌朝、シュタルは自室のベッドで目覚めた。習慣とは恐ろしいもので、いくら疲れていても、いつもと同じ時間に目覚めている。

レッドバーンが清めてくれたのか、ぐちゃぐちゃに濡《ぬ》れていた下肢《かし》は綺麗になっていた。

ただ、濡《ぬ》れた下着を再び穿《は》かせることはしなかったのだろう、寝衣の下には何も身につけていない。起き上がって下穿《したば》きを探したところ、洗濯物籠《かご》の中に入れられていた。

シュタルは新しい下着を身につけると、いつものように身支度を済ませる。昨日の今日でまだ動揺していたけれど、仕事はしなければいけない。

レッドバーンの部屋に入れば、彼は昨日自分が痴態《ちたい》を晒《さら》してしまったベッドの上で寝ていた。余計に恥ずかしくなるが、シュタルは拳《こぶし》を握りしめながらレッドバーンに声をかける。

「朝ですよ、起きてください」

「ん……」

レッドバーンはのそりと身を起こす。

毎朝行う国王夫妻への祝福は、本来なら筆頭魔導士と副筆頭魔導士が交代で行っている。しかし、宮廷魔導士の頂点に立つ筆頭魔導士は軍議関連の仕事で忙しいため、今日から軍議が終わるまでの間はレッドバーンが行うことになっていた。

気まずさはあるものの、シュタルはいつものように着替えをレッドバーンに渡して桶《おけ》に水を汲《く》み、朝の準備をする。漆黒の髪に櫛《くし》を通しているとき、シュタルは彼の目の下にクマができていることに気付いた。

「兄様、よく眠れませんでしたか？」

「……まあ、仕事があったからな」

鏡越しに視線が交わると、彼は苦笑する。

そういえば昨晩、彼は沢山の書類を抱えて部屋に戻ってきていた。シュタルを見たときに床に散らかしてしまっていた書類は綺麗にまとめられている。きっとシュタルが呑気《のんき》に眠ったあと、彼は睡眠時間を削って仕事をしたのだろう。

「そんなに忙しいのに、昨日はすみませんでした……」

恥ずかしいという気持ちよりも、申し訳なさのほうが勝った。軍議前のこの時期、副筆頭魔導士である彼が忙しいことは分かりきっていたのに。

泣きそうになったシュタルに、レッドバーンは優しい声をかけてきた。

「気にするな。あれは生理現象だから仕方ない。その面倒を見るのも師匠の役目だ」

「師匠の、役目……」

その言葉に、自分たちは男と女である以前に師匠と弟子なのだと言われた気がして、胸がちくりと痛む。

本来なら恋人同士がするようなあの行為だって、レッドバーンにしてみれば特別なものではなかったのだろう。毎日の解呪と同様に、ただの処置なのだ。

そう思うと、なんだか泣きたくなってしまう。そんなシュタルに、レッドバーンは言葉を続けた。

「多分、昨日の症状はこれからも定期的に起こる。聞いた話だと夜にしか起こらないらしいから、仕事中は大丈夫だ。安心しろ。そして、夜は大体俺も部屋にいる、――困ったときにはいつでも頼れ」

「……！　これ以上、兄様に迷惑をかけるわけには！」

シュタルは首を横に振る。しかし、レッドバーンは強い口調で言った。

「迷惑ではない。それに、間違ってもほかの男に相談なんかしてくれるなよ。いいか、必ず俺のところに来い。命令だ」

「め、命令ですか」

そこまで言われてしまえば拒否できない。シュタルは彼の目の下のクマが気になりつつも、「はい」と答えるしかなかった。

準備が終わった二人は、国王夫妻のもとへと向かう。いろいろな感情が入り交じり、うつむいたままのシュタルに、レッドバーンは歩きながら声をかけた。

「シュタル。お前は六年前の戦争で、沢山の死体を見ただろう？」

「……はい」

「毎日解呪をしているが、強すぎる呪いの影響で発情期が早く来たのかもしれない。通常なら、二十歳を超えなきゃ起こらないはずだ。……だから、まだ先のことだと考えてお前に言わないでいた。でも、早く教えておけばよかったな。悪かった」

「そんな。兄様が悪いことなんて、何もないです」

「いきなりのことで、お前も動揺してるはずだ。恥ずかしいとか気まずいとか、いろいろあると思う。……だが、ここはもう王宮で、お前は宮廷魔導士だ。そして副筆頭魔導士の弟子でもある。うつむくな。顔を上げろ」

「……！」

シュタルはぱっと顔を上げた。すると、レッドバーンはにっと笑う。

「思うことはあるだろうが、気持ちを切り替えろ」

「……はい！」

レッドバーンの言うとおり、申し訳なさと恥ずかしさが胸の中に渦巻《うずま》いていたが、シュタルは気をしっかり持つことにした。

そうだ、自分は宮廷魔導士で、今は軍議前の大事な時期なのだ。気を引きしめなければ。

「ん、いい顔だ」

レッドバーンはぽんとシュタルの頭を撫《な》でる。そうしていつものように国王夫妻への祝福を終え、朝食をとるころには、気まずさはすっかりなくなっていた。

◆　◆　◆　◆　◆

慌ただしく毎日が過ぎていき、とうとう合同軍議の前日となった。前日ともなるとほとんどの準備は終わっており、かえって手持ち無沙汰《ぶさた》になってしまう。

そんな中、シュタルは筆頭魔導士に呼ばれ、彼の部屋に土が詰めこまれた袋を運んでいた。勿論《もちろん》、その土は普通の土ではなく、魔術に使うための特別な物だ。

筆頭魔導士の名はオズ。

かなりの長身で、魔導士より騎士のほうが向いているのではというほど恵まれた体躯《たいく》をしていた。レッドバーンとてそれなりに逞《たくま》しいが、オズの肉体はそれ以上だ。制服の上からでも彼の分厚い胸板が分かる。

六年前の戦争で、当時の筆頭魔導士が死んだ。そのときに副筆頭魔導士であったオズが筆頭魔導士となり、新しい副筆頭魔導士に任命されたのがレッドバーンだった。戦争で大活躍したとあって、二人の体はよく鍛《きた》えられている。

オズもレッドバーン同様に美しい顔立ちをしているけれど、三十一歳になる彼には妻も恋人もいない上に、浮いた噂《うわさ》すらない。

「すまぬな、シュタル。女性であるそなたに、このような力仕事を手伝わせてしまって」

「台車を使っていますから、全然平気です」

明るく答えるシュタルは、土袋を載せた台車を押していた。曲がるときにコツが必要だが、それほど力は必要ない。そして、その隣を両脇に軽々と土袋を抱えたオズが歩いていた。重そうな様子は全然ない。

筆頭魔導士であるオズの部屋は寮《りょう》の中でも一番広かった。しかし、今はその三分の一が土袋に埋め尽くされていて、狭そうに見える。

「これは軍議で使うのですか？」

彼の部屋に土袋を下ろしながら、シュタルが訊《たず》ねた。

「いや、直接関係するわけではないが、わたくしには必要なものなのだ。これがなければ、あの軍議期間をやり過ごせぬ」

「それにしてもすごい量ですけど……、何か特殊な魔術に使うのでしょうか？」

「いかにも。この土袋を要する魔術が使えるのは、宮廷魔導士の中でもわたくしくらいだ。レッドバーンもやろうと思えばできるだろうが、以前教えようとしたら断られてしまった」

「そ、そうなんですか……」

一体、どんな魔術を行うというのか。

気にはなったが、レッドバーンがあえて関わらないようにしている気がするし、自分も知らないほうがいいのかもしれない。余計な詮索《せんさく》はせずに、黙々と土袋を運ぶ。

すべての土袋を運び終わるのに、午前中いっぱいの時間がかかった。終了後、オズがシュタルに箱を手渡してくる。

「ご苦労であった。そなたのおかげで早く終わった。これは礼だ、受け取っておけ」

「えっ……！　オズ様のお手伝いをするのも私の仕事ですし、今だって宮廷魔導士として充分すぎるほどのお給金を頂いてますから、お礼なんて」

シュタルは中身の確認もせず、箱をオズに返そうとする。

弟子を持たないオズに声をかけられることはよくあるし、筆頭魔導士の手伝いも宮廷魔導士の仕事のうちだと思っている。いくら力仕事をしたとはいえ、わざわざお礼などもらうわけにはいかなかった。

しかし、シュタルが箱を返そうとしても、オズは受け取らない。

「中を見てみなさい」

そう言われて、シュタルは箱を開けてみる。すると中には茶器が一式入っていた。見るからに高価な代物だ。

「そなたもレッドバーンも紅茶が好きだろう？　わたくしは生憎《あいにく》、珈琲《コーヒー》のほうが好きでな、茶器は使わぬ。それは先日頂いたものだが、わたくしが持っていても宝の持ち腐れだ。今日は落ち着いているものの、明日からの軍議中はまた忙しくなる。夜になったらレッドバーンにお茶でもいれてやるといい」

「……オズ様」

彼の厚意はシュタルのためだけではなく、レッドバーンにも向けられたものだと感じた。ならば、無下《むげ》に返すわけにもいかない。

「では、ありがたく頂きます。ありがとうございます、オズ様」

シュタルは恭《うやうや》しく頭を下げる。この茶器でレッドバーンとお茶を飲むのがとても楽しみに思えた。


午後の休憩後は、軍議期間中の仕事内容の最終打ちあわせがあった。それが終わってから、シュタルはレッドバーンの部屋の床に積まれている本を、彼が外に借りている倉庫に置きに行くことにする。

土袋を運ぶときに使った台車を借りたままにしていたので、大量の本を台車に載せて魔導士棟の廊下を進んでいると、コンドラトに声をかけられた。

「よお、シュタル！　すごい数の本だな。もしかして、これ全部レッドバーン様のか？」

「うん。部屋の本棚に入りきらなくて、床に置きっぱなしになってたのがずっと気になってて……。ようやく今日時間ができたから、倉庫に持って行くところなの」

「そうか。でもこの量だし、台車を使っても一人じゃ大変だろ。オレが押してやる」

「あっ」

コンドラトは台車の取っ手をシュタルから奪《うば》うと、すたすたと進み始める。シュタルは慌てて彼を追った。

「いいの？　あなたの仕事は大丈夫？」

「軍議の前日なんて逆に仕事がないし、副筆頭魔導士様の手伝いだって立派な仕事だろ？　それに、力仕事をしている女を放っておけるかよ」

「……ありがとう、コンドラト」

宮廷魔導士になる前は商人として生活していたからか、彼はとても気が利く。シュタルは、そんなコンドラトのことを好ましい同期だと思っていた。

コンドラトはシュタルよりも手際よく台車を動かし、普通に歩くのと変わらない速さで進んでいく。確かに、彼に手伝ってもらったほうが早く終わりそうだ。

台車を押しながら、コンドラトが訊《たず》ねてきた。

「レッドバーン様って、外の倉庫を借りてるのか？」

「うん。ここの近くに、宮廷魔導士とか騎士とか、王宮で働く人が借りられる国営の倉庫があるでしょう？　そのうちのひとつを書庫として借りてるの。兄様は絶対に本を処分しないから、たまっていく一方で」

「へー。そういえば騎士の友人が、武器や防具のコレクションをしてるって言ってた。どこにそんなかさばる物を置くんだろうと思ってたけど、倉庫を借りてるのかもしれないな」

「あ、そうそう。コレクション管理のために借りてる人が多いって聞いたことがあるよ」

社交的で友人の多いコンドラトは、騎士にも知りあいがいるらしい。

とりとめのない話をしながら移動していた二人は、市街地の外れにある倉庫群へと辿り着いた。

ずらりと同じような倉庫が並んでいる。

シュタルはそのうちのひとつの鍵を開けた。中には、まるで図書館みたいにびっしりと書架《しょか》が並んでいる。

「うわ、すげえ。これが個人のものかよ」

中を見たコンドラトが目を丸くした。これでレッドバーンの私室にもさらに本があると知ったら、もっと驚くのだろう。

「台車では奥まで行けないから、ここからは手で運ぶしかないな」

大きな台車では書架《しょか》と書架《しょか》の間を通れそうにないと、コンドラトは入り口を入ってすぐのところに台車を止める。

「全部を手で運ぶとなると、すごい大変だぞ。お前、この量を一人でやるつもりだったのか？」

コンドラトは呆れた眼差しをシュタルに向けた。

「それはね、秘策があるの」

シュタルは一番手前の書架《しょか》に手をあてる。そして、ぶつぶつと小声で呪文を唱えると、すっと書《しょ》架《か》が移動を始めた。

「な、なんだこれ！」

「兄様の魔術だよ。この倉庫の床に魔法陣が書いてあって、本棚に術がかけられているの。私と兄様の魔力にだけ反応して、本棚を動かすことができるんだ。私一人の魔力では絶対にできない魔術だけど、本棚にこめられた兄様の魔力が補ってくれるの」

「レッドバーン様って、こんなことまでできるんだな……。物を動かす魔術なんて、聞いたことがないぞ。これがあったら、戦争も楽じゃないのか？」

「ううん。この術を施《ほどこ》すのにも数日かかったし、何よりこの倉庫の中みたいに限定された空間だからできるんだって。戦争には応用できないって、兄様は言ってた」

そんなことを話しているうちに、半分ほど埋め尽くされた書架《しょか》が目の前に移動してきた。

「じゃあ、入れようか」

「あ、ああ」

コンドラトはレッドバーンの術に驚きながらも、次々と本を書架《しょか》に入れていく。二人でやったおかげで、作業はあっという間に終わってしまった。

シュタルが再び書架《しょか》に触れると、それは元の位置へと戻っていく。

「ほんと、レッドバーン様ってすげーな」

動く本棚を見て、コンドラトがため息をついた。

「うん、すごいよね。もしかして、筆頭魔導士のオズ様はもっとすごいことができるのかな？」

「あー、そうなんだろうなー。オレも、もっと強力な魔術を使えるようになりたいな……」

コンドラトもそこそこ優秀だが、まだ役職に就けるほどではない。しかし、彼は真面目に修業しているし、いずれは役職持ちの魔導士になるのではないかと、シュタルは内心思っている。

「コンドラトは頑張ってるもん、強くなるよ。私も強くなりたいな……」

シュタルとて真面目に修業に励んでいるものの、その魔力は同期のコンドラトと比べても雲泥《うんでい》の差だった。

「いや、女の場合は……っと、何でもない」

言いかけて、コンドラトは言葉を止める。

「え？　何を言おうとしたの？」

「い、いや、その…………っていうかお前、いつまでレッドバーン様の弟子を続けるつもりだよ。弟子っていっても、要はただの小間使いだろ？」

日々研究に没頭《ぼっとう》する魔導士は身の回りのことがおろそかになりがちなので、弟子を持ち、自らの術を教える代わりに身の回りの世話をさせる。

だが、レッドバーンは決してだらしない男ではない。朝の支度はシュタルに手伝わせているものの、彼一人でだってできる。

それを分かっているのか、コンドラトはきっぱりと言う。

「レッドバーン様ならしっかりしてるし、お前がいなくても平気だろ」

「そうなんだけど、その、解呪のこともあるから……」

「お前の呪い、まだ抜けてないのか。体に馴染《なじ》んでしまった呪いはしつこいっていうしな。俺も解呪のときは大変だった」

そう呟いたコンドラトは目を細める。

実は彼もシュタルと同じ戦争孤児だった。コンドラトは大きな商家の生まれで、戦争では運よく彼だけが助かったと聞いている。そのときに沢山の死を見てしまい、呪われたのだとか。

戦争のあと、呪われていることに気付かなかった彼は、親の知りあいだった商人の店で働き始めた。そこに偶然客として訪れた宮廷魔導士が、コンドラトの呪いと魔力に気付き、彼を勧誘したそうだ。

六年前の戦争では、多くの魔導士が命を落としている。

だから戦後は、減った人員の補給のために宮廷魔導士たちは魔力を持っている者を探して勧誘していた。レッドバーンがシュタルのことを見つけてくれたときも、戦争孤児の中に魔力を持つ者がいないかどうか探していたらしい。

魔力を持っている人間ほど呪われやすいので、戦後の勧誘で宮廷魔導士になった者には、シュタルやコンドラトのように呪われている者も少なくはなかった。しかし、シュタル以外はみんな男だったので、かなり強引に解呪をしたそうだ。

「男ならともかく、女のお前に解呪の儀式を耐えろっていうのは、ちょっと酷《こく》だよな。オレだって一週間は寝こんだし、しかも痕《あと》ができたし」

そう言って、コンドラトは服の袖をまくった。彼の腕には禍々《まがまが》しい黒い痣《あざ》ができている。それは、人体から強い呪いを追い出すときに必ず体に出てしまうものだった。

「お前、女だもんな。オレみたいに腕ならまだいいけど、顔に痕《あと》ができたら可哀想だ。解呪の痕《あと》ができなくて、なおかつ呪いの影響が出ずに暮らせる範囲で、少しずつ解呪していくしかないんだろうな。レッドバーン様だからそのあたりのさじ加減ができるんだろうが、毎日解呪の儀式をするのは大変じゃないのか？」

「そ、それは……！」

シュタルの顔が熱くなる。

レッドバーンとシュタルの場合はお互い下着姿になり、肌を密着させて儀式を省《はぶ》いているが、さすがにそのことは人には言えなかった。

「大がかりな儀式はしていないけど、兄様の魔術に関わることだから言えないの。ごめんね」

魔導士が自分で考えた術を他言しないのは珍しいことではない。シュタルがそう言うと、コンドラトは納得したように軽く頷いた。

「あーあ。オレも解呪の研究をしようかな。そしたら、お前の呪いも楽に解けるかもしれないぞ」

「そうだね。今も呪いで苦しんでいる人がいるし、解呪の研究は大切だと思うよ」

「……シュタル。お前の真面目さは、いいところだけど悪いところでもあるな」

コンドラトが苦笑する。褒《ほ》められたのかけなされたのか分からなくて、シュタルは微妙な表情を浮かべた。

「とりあえず、手伝ってくれてありがとう、コンドラト。とても助かったわ」

倉庫の鍵をかけて、二人は魔導士棟へと戻る。空《から》になった台車はシュタルでも楽々動かせるが、コンドラトが押してくれた。

「なあ、シュタル。お前ってレッドバーン様のことが好きなんだろ？　師匠としてではなく、男として」

前を向いたまま、コンドラトが訊《たず》ねてくる。

「え？　そ、そんなに分かりやすい？」

指摘されて恥ずかしさはあったけれど、その気持ちを否定したくはないので、頬を赤らめながらシュタルは答えた。

「まあ、バレバレだろ。——なあ、どこがいいんだ？　確かにレッドバーン様は強い魔力を持っているし、性格もそれなりによさそうだけど、真面目すぎてつまらなくないか？」

「え？　どこがって言われても、気付いたら好きになってたから……。戦争が終わったあと、村が焼かれて、家族もいなくなって、これからどうしようかなって思っていたときに手を差し伸べてくれた兄様は、私にとってかけがえのない人なの」

昔を思い出し、シュタルは目を細めた。レッドバーンに手を差し出された日のことは、今も鮮明に覚えている。彼がいたからこそ、現在の自分がいるのだ。

「たまたまお前に魔力があったからだろ？　戦争で宮廷魔導士の数が減ったせいで、魔力のある戦争孤児を探して片っ端《かたぱし》から声をかけてたらしいじゃん」

「確かにそうだけど、家族がいなくなったあとで兄様って呼べる人ができたことが、私には嬉しかったの。それに、これからどうやって生きていこうって不安だったから、兄様には色々な意味で助けてもらったって思ってる」

「助ける、か……」

コンドラトはそう呟いたきり、無言になる。つられてシュタルの口数も少なくなり、ガラガラと台車を押す音だけが響いていた。

第二章　軍議

合同軍議の日がやって来た。

まず午前中に隣国の軍隊が到着し、大規模な昼食会を開く。午後に互いの上層部のみで近況報告を行い、夜には歓迎会が開かれることになっていた。

昼食会や歓迎会の準備は王宮の使用人の仕事だ。シュタルのように役職のない宮廷魔導士は、ホワイタル国の魔導士の案内にあたる。それぞれ個室に案内し、要望があれば応えたりした。

ホワイタル国から来た宮廷魔導士は全員が女性だった。もしかしたら魔力を持って生まれる女性が多い土地なのかもしれない。容姿の審査でもあるのかと思うくらい皆美しく、肌を見せる衣装に身を包んでいた。お国柄なのだろうか、胸の谷間を強調するような衣装に、同性であるシュタルも毎年目のやり場に困ってしまう。

同性のほうが声をかけやすいらしく、軍議期間中のシュタルはホワイタル国の魔導士たちから何かと頼みごとをされる。そんな事情もあって、軍議中の女性宮廷魔導士の仕事内容は特に決められておらず、空《あ》いている時間に忙しそうなところを手伝うことになっていた。

ちょうど手が空《あ》いたところで、軍議で使用する資料が足りないと聞き、シュタルはそれを用意して王宮に行く。すると、真っ白な外套《がいとう》を羽織《はお》った長身の女性が、中庭でキセルをふかしているのが見えた。外套《がいとう》には大きな紋様が描かれている。

見覚えのあるその紋様に、シュタルは嬉しそうに声を上げて彼女にかけ寄っていった。

「ゾディ様、お久しぶりです！」

「やあ、シュタルじゃないか。久しぶりだね」

キセルを振りながら挨拶《あいさつ》してくれたのは、ホワイタル国の筆頭魔導士のゾディだ。彼女はオズよりも若く、弱冠二十八歳にして筆頭魔導士を務めている。ゆるく三つ編みにした紺色《こんいろ》の髪は、彼女の肌の白さを引き立たせていた。目も大きく、かなりの美人だ。

筆頭魔導士という立場ゆえか、彼女の衣装はほかの魔導士たちより露出がおとなしめだ。しかし、ぴっちりとした衣装なので彼女の形のいい豊満な胸は目立っている。

「いつ見ても、立派な魔紋ですね。繊細で、とても綺麗です」

シュタルは外套《がいとう》の細やかな紋様を見て、うっとりと目を細めた。

魔紋と呼ばれる紋様は、魔導士が個々に持つ印だ。魔導士は自分の持ち物には魔力を使って魔紋をつけることが習わしとなっており、シュタルも自分の魔紋を持っている。

ちなみに、魔紋をつけた物は、自分の魔力を辿ればどこにあるのか分かるので、魔導士が物をなくすことはほとんどなく、かなり便利である。

魔紋をつける際、その大きさは魔力で調整できるが、魔力が強くなければ大きな魔紋を作ることはできない。筆記具などには小さな魔紋しかつけられないものの、外套《がいとう》などには、高位の魔導士は己の力を誇示《こじ》するように大きな魔紋をつけていた。

そして、外套《がいとう》を埋め尽くすほどの大きな紋様は、ゾディの筆頭魔導士としての力を表している。

「シュタルは元気にしてたかい？」

「はい」

本来ならば、他国の重役であるゾディはシュタルが声をかけられる相手ではない。しかし副筆頭魔導士であるレッドバーンの弟子であることと、同じ女性ということで、合同軍議のたびに彼女がシュタルに声をかけてくれたことで、いつの間にか親しくなっていた。

「ゾディ様は休憩中ですか？」

「ああ、会議室は禁煙だからね。こっちの国は喫煙者《きつえんしゃ》が少なくて肩身が狭いよ」

そう言いながらゾディは火を消して、キセルをしまった。喫煙しないシュタルを気にかけてくれたのだと、その細やかな心遣いに嬉しくなる。

「調子はどう？　宮廷魔導士はやりがいがあるかい？」

「うっ……、仕事はやりがいがあるんですけど、いくら修業をしても一向に魔力が強くならなくて……」

「確かに、君の魔力は去年と全然変わってないみたいだね」

ずばりと言いきられて、シュタルはうつむいた。仕事の合間に修業をしているのに、一向に魔力が強くなる気配はない。

「もし強くなりたいなら、うちにおいで。うちにも、ブルーク国出身の女性魔導士が沢山いるよ？絶対にうちのほうが強くなれると思う。こっちには、強い女性魔導士はいないだろう？」

ブルーク国の女性宮廷魔導士は、シュタルと同様に魔力が弱い者が多い。

しかし、合同軍議の際に引き抜かれてホワイタル国に行った女性魔導士は、必ず強くなるのだ。今のホワイタル国の副筆頭魔導士も、元々はブルーク国出身だったと聞いている。

ホワイタル国の魔導士社会は女性中心なので、女性魔導士が強くなるコツを知っているのかもしれない。

せっかく魔力を持って生まれたのだから、強くなりたいという気持ちはあった。でも、ホワイタル国に行くということは、レッドバーンから離れるということだ。

弟子になった日から、仕事の日も休みの日も、それこそ体調が悪い日だって欠かさず解呪をしてくれるので、レッドバーンと顔をあわせなかった日は一日たりともない。それなのに、会えないのがあたり前の毎日がくるのかと思うと、想像しただけで胸が苦しくなってしまう。

「お誘いありがとうございます。でも、まだ師匠の下で修業をしたくて……」

「そうか。もしレッドバーンにいじめられたら、いつでもうちにおいで。ホワイタルは女性魔導士なら大歓迎だからさ」

「はい、ありがとうございます」

ゾディはさっぱりとした気性で、しつこい勧誘はしてこない。強く美しく性格もよい、非の打ち所のない素敵な女性だ。

いつかレッドバーンに失恋する日が来たら、ホワイタル国に行くのもいいかもしれないとシュタルは考えている。

「そういえば、シュタルはいくつになったんだっけ？」

「明日十九になります。法律よりは少し遅いんですが、私の生まれた村ではようやく成人と認められる歳なんです」

「おや、明日が誕生日なのかい？　おめでとう、シュタル。しかも成人か。これは贈り物をしないといけないね」

「いえ、そんな！　お気持ちだけで充分です」

「買いに行く時間はないけど、いい物を持ってきてるんだ。あとであげるよ。……っと、そろそろ時間だから行かないと。またね、シュタル」

綺麗に微笑んだゾディが、大きな魔紋の入った外套《がいとう》を翻《ひるがえ》して颯爽《さっそう》と立ち去る。背筋がぴんと伸びていて、歩く姿も格好よい。

やはり彼女は素敵な女性だと、シュタルは思った。


翌朝、シュタルはいつものようにレッドバーンを起こしに行く。彼の寝癖だらけの髪をとかしている最中、急に声をかけられた。

「シュタル、誕生日おめでとう」

今日一番にお祝いの言葉をくれたのが、他の誰でもないレッドバーンだったことに、シュタルは嬉しくなる。

「ありがとうございます！」

「これでお前も成人の仲間入りだな」

「はい……って、村以外ではとっくに成人と認められてる年齢ですけどね」

「お前の村はもうないが、存在した証《あかし》として風習は大切にしておけ。それが生き残ったお前の役目だ」

村とは何の関係もないレッドバーンが風習を大切にしてくれることに、胸が熱くなった。

ずっと一緒にいるという理由だけで彼に惹《ひ》かれたわけではない。弟子であるシュタルのことだけでなく、シュタルの大切なものを同じように大切にしてくれる彼だからこそ、好きになったのだ。

「せっかくの成人だ、軍議が終わったら盛大に祝ってやるからな」

「……はい、楽しみにしてます」

シュタルは微笑む。十九の誕生日は、こうして最高の始まりを迎えた。

もっとも、誕生日でも軍議中の忙しさは変わらない。二日目からは新しい仕事が入っているので、シュタルは城下街へと出かけた。

軍議期間中、城下街はちょっとしたお祭り騒ぎになる。大通りには沢山の出店が並んでいるが、その半分はホワイタル国から来た者に向けての土産物屋《みやげもの》で、もう半分はホワイタル国から来た商人が出店しているものだった。

ホワイタル国の商人にしてみれば、軍隊と一緒に移動すれば道中の安全も保証してもらえるし、護衛代を払う必要もない。だから軍議の際には軍隊についてやって来るようになったのだ。

おかげでこの時期の大通りは、両国の出店で賑《にぎ》わっている。

しかし、出店で時折呪いのかかった古物《こぶつ》が売られている場合があり、それを調べるのが宮廷魔導士の仕事であった。

仕事と称して出店を見て回るのはとても楽しい。お金も持ってきているので、欲しい物があったらついでに買うつもりだ。

そのため、この出店の見回りは、女性の宮廷魔導士には人気がある仕事だった。どんなに人で溢れていても、お店を眺めるのは苦にならない。男性の宮廷魔導士はお店を見ても特に楽しいとは思わないようで、女性が見回りをし、男性が王宮や魔導士棟で仕事をするという分担ができていた。

「あっ」

見回りの途中で、質のよさそうな茶葉を認めて、シュタルは思わず声を上げた。

ホワイタル国は葉物の農産物が有名だ。紅茶は勿論《もちろん》、煙草《たばこ》の葉もかなり上物らしく、ホワイタル国には喫煙者《きつえんしゃ》が多いという。現に、ゾディも愛煙家だ。

香りのよい茶葉を見つけたシュタルはそれを購入した。オズから茶器をもらったことだし、疲れているレッドバーンにお茶をいれてあげたかったのだ。

さらに呪いを持った古い装飾品を見つけたシュタルは、経費でそれを購入する。相手は一般の商人であるから、いくら呪われているといっても無料で取り上げるわけにはいかない。

こうしてシュタルは出店のチェックを行い、お昼になると魔導士棟へと戻った。

昼食をとるために食堂へと向かうと、廊下の反対側からコンドラトが急ぎ足でやって来る。

「こんにちは、コンド……」

「しっ。こっち」

コンドラトはシュタルの肩に手を回し、食堂ではなく、別方向に続く曲がり角へと誘導する。物陰に隠れると、彼は口元に人差し指を立てた。

一体何事かと思っていたところ、ずん、ずんと重い足音が近づいてくる。もしかしてと、シュタルがコンドラトの顔を見ると、彼は小さく頷いた。足音が通り過ぎるのを待ち、先ほどまでいた廊下をそっと覗いてみれば、カーロの後ろ姿が見える。

「いつにもまして、機嫌の悪い歩きかたをしてるわね」

「風紀長なんて名前だけの役職じゃ、軍議には参加できないからなあ。本当の役職持ちとの格差を見せつけられて、軍議中は機嫌が最悪だぜ。仕事中以外は、オレも近づきたくはない。絡まれたら厄介《やっかい》だぞ」

比較的カーロと上手く話せるコンドラトでさえ避けているのだから、よほどなのだろう。見つからなくてよかったと、シュタルはほっと胸を撫《な》で下ろした。

「ありがとう、コンドラト。助かったわ」

シュタルは彼の顔を見て礼を言う。しかし、彼の手はシュタルの肩から離れない。

「コンドラト……？」

カーロに触れられたときのような嫌悪感はないけれど、レッドバーンに触れられるときのようなときめきもない。なぜいつまでも離してくれないのか疑問に思い、シュタルは小首を傾げた。

コンドラトはシュタルの肩を抱いたまま、何かを決意したらしき表情を浮かべて口を開く。

「あのさ、シュタル。今、オレはお前を助けたよな？」

「うん、そうだね。助けてもらった」

「……なんとも思わない？」

「え？」

コンドラトは、やけに真剣な眼差しを向けてきた。

「コンドラト……？」

「実はオレ、前々から――」

「こんな場所で何をしている？」

足音も聞こえなかったし、ましてや何者かが近づいてくる気配も感じていなかったのにいきなり声をかけられて、二人はびっくりして顔を上げる。

だが、その相手がよく知る相手だったので、シュタルはぱっと笑みを浮かべた。

「兄様！」

「レッドバーン様……」

コンドラトは小さく舌打ちをして、シュタルの肩から手を離す。

「さっき機嫌の悪いカーロ様がここを通られたので、コンドラトが見つからないように匿《かくま》ってくれたんです」

「そうか。シュタルが世話になったな。ありがとう、コンドラト」

そう言ってレッドバーンはシュタルの肩に手を回し、自分のほうに抱き寄せた。その手はすぐに離れていったけれど、シュタルの胸が弾《はず》む。やはり、レッドバーンに触れられるのだけは特別だ。

「いえ、レッドバーン様にお礼を言われることではありません。あとシュタル、午後は用事がなければ古物《こぶつ》鑑定を手伝ってくれ。多分、人手が足りなくなるから。……じゃあ、オレはこれで」

「え？　うん、分かった」

コンドラトはちらりとシュタルに視線を投げかけると、そのまま早足で立ち去ってしまった。

「人手が足りなくなる、か。まあそうだろうな」

レッドバーンはぽつりと呟く。

「え？　もしかして、新しい遺跡が発掘されて、古物《こぶつ》が大量に持ちこまれてるんですか？」

「そういうことじゃないさ。まあ、行けば分かる。コンドラトがいるなら変なことはしないだろうし……それより、シュタルはこれから昼飯か？」

「はい、そうです」

「じゃあ、食堂に行くか」

そうして、二人は一緒に食堂へと向かう。

コンドラトが何を言いかけたのか気になるけれど、仕事関係の重要な話ならレッドバーンのいる前でも伝えてくれたはずだ。古物《こぶつ》鑑定のときにまた声をかけてみようと、シュタルは思った。

古物《こぶつ》鑑定が行われる第一資料室は、重苦しく静まり返っていた。それもそのはず、部屋にいる一番偉い人物の機嫌が最悪なのだ。

その空気に耐えかねて、シュタルはちらりとコンドラトを見る。彼はシュタルと視線が交わると、口角を少しだけ上げた。道連れにしてやったという心の声が聞こえた気がする。

古物《こぶつ》鑑定には必ず高位の魔導士が立ち会うことになっていた。しかし、今は高位の魔導士は揃って軍議に参加しているので、本来ならば立ち会えるような人物はいないのだが、一人だけ例外がいる。

それが風紀長のカーロだ。

カーロは役職にはついているものの、魔力が強いわけではないため、軍議には参加できない。そして普段なら古物《こぶつ》鑑定に立ち会えないのだが、この軍議期間中は別だった。上座に座ったカーロは眉間に皺《しわ》を刻んだまま、何度もため息をついている。

そして、女性の魔導士と違い、男性の魔導士はきちんと仕事を決められているけれど、最優先は軍議関係の仕事となる。軍議に関わる仕事をする場合には、決められた持ち場を離れていいとされていた。

カーロの機嫌が悪いことを知っている面々は、彼と一緒の空間にいるのが嫌で、なんとか軍議関係の仕事をもらって古物《こぶつ》鑑定から逃げたに違いない。実際、第一資料室にいる魔導士の数は少なかった。

コンドラトはこの事態を予測していて「人手が足りなくなる」と言ったのだ。おそらく、レッドバーンも何のことだかすぐに分かったのだろう。

だが、カーロは仕事に関しては真面目であるので、ちくちく嫌みを言ってきたりはしても、廊下で会うときのように、シュタルに触ってくることはなかった。

コンドラトもそれを分かっているから、廊下でカーロと偶然出会いそうになった際は匿《かくま》ってくれたものの、古物《こぶつ》鑑定の仕事にはシュタルを呼んだのだ。

早く終わらせたくて黙々と古物《こぶつ》の鑑定を行っていると、突如シュタルの全身にぶわりと鳥肌が立ち、呼吸がしづらくなる。

「えっ？」

驚いて顔を上げたところ、魔導士の一人が古い石の箱を開けて、硬直していた。

「こ、これ、たぶん、すごい呪いのやつだ……」

ざわざわと、室内が騒がしくなった。魔導士が石の箱の蓋を閉めると、息苦しさがなくなる。どうやら、中にとんでもないものが入っているらしい。

「これを解呪するのは大変だぞ」

「とりあえず封印して、軍議が終わってからオズ様かレッドバーン様に解呪してもらうか？」

石の箱を眺めながら、魔導士たちが話す。普通なら呪われた古物《こぶつ》が見つかり次第解呪するのだが、この呪いは凄《すさ》まじく、ここにいる者たちで解呪をするのは無理だと判断したのだ。

しかし、それに反論する者がいた。

「いや、解呪しようぜ。それが仕事だろ？」

そう言いきったコンドラトに、全員が驚きの目を向ける。

通常なら、魔導士たちは呪われた古物《こぶつ》を見つけようものなら、力試しに解呪すると浮き足立つが、それはいざというときに助けてくれる高位の魔導士がいるからだ。しかし、この場には役職に就《つ》いているものの、実力の伴《ともな》わないカーロしかいない。

「お前たちだって、これほどの代物を解呪してみたいだろ？　自分の力を試してみたくないか？」

コンドラトの言葉に、その場にいた魔導士は顔を見合わせる。失敗が怖い反面、腕を試したい気持ちもあるのだ。

「そりゃそうだけど、でも……」

心が揺れた同僚に、コンドラトはたたみかけるように言う。

「今日の立ち会いはカーロ様なんだから、カーロ様がいいって言えばやっていいだろ？　ねえ、カーロ様？」

コンドラトはカーロに向き直った。カーロとて自分の力量はわきまえているので、高難度の解呪に難色を示す。

「いや、しかし……」

「カーロ様は博識でいらっしゃるから、指示を出してください。オレたちが動きます。カーロ様がついていてくれれば、オズ様やレッドバーン様なんていなくても、きっと大丈夫です」

彼の言うとおり、カーロは魔術に関する知識が深い。レッドバーンに負けず劣らずかなりの本を読みこんでいるのだ。

しかもコンドラトは、カーロの自尊心をくすぐるように、わざとオズとレッドバーンの名前を出した。元商人とあって、かけ引きも上手いのだろう。

機嫌が悪かったカーロも、この解呪が成功すれば自分の株を上げられると思ったのか、にやりと口角を上げる。

「そうだな……、分かった、やってみろ」

「さすがカーロ様、頼りになります！　今日の立ち会いがカーロ様でよかったです！　このレベルの呪いだと、オズ様やレッドバーン様なら、オレたちを信用しないで自分でやってしまいそうですし。オレたち下《した》っ端《ぱ》の魔導士を育ててくれるのは、やっぱりカーロ様みたいな人なんですよ」

コンドラトはここぞとばかりにカーロを持ち上げた。カーロもまんざらではないのか、コンドラトの言葉に満足そうに頷く。

「そうだ、私はあいつらとは違うのだ。では、魔法陣を書くぞ。強い呪いとはいえ、この石の箱は小さいから、魔法陣を大きく書く必要はない。それと、先ほどの感じだと、贄《にえ》の魔法陣がよいだろう。色は緑だ。贄《にえ》の血だが、羊の血ではなく、鹿の血のほうがいい」

カーロはてきぱきと指示を出していく。その堂々とした様子に、最初は戸惑っていたコンドラト以外の魔導士たちも素直に従い始めた。それどころか皆、強い呪いを解呪できるかもしれないと、興奮している。

カーロの指示は的確だ。もし彼が間違った指示を出していたならば、皆が不安になっただろう。

しかし知識があるゆえに、カーロが選んだ魔法陣もその色も、生贄《いけにえ》に捧げる血も、それ以上にふさわしい案があるとは思えないものだ。先ほどのコンドラトの口上もあってか、「知識の深いカーロがいるなら大丈夫かもしれない」と皆が感じ始めていた。

カーロはともかくとして、コンドラトはそれなりの魔力の持ち主だし、ほかの魔導士たちもそこそこ魔力が強い者たちである。だからこそ、自身の手で解呪を試してみたくなるのだ。

シュタルはぐるりと室内を見回した。コンドラトもいるし、今いる人員なら解呪できるのかもしれない。魔力は弱いが、知識のあるカーロもいる。

けれど、万が一のときに対処できる人物がこの部屋に存在しないことに、不安になった。

レッドバーンが参加しているのが通常の会議ならば、今すぐここを抜け出して彼に助けを求めに行っていたが、今は国同士の軍議中だ。さすがにその中に入っていくことはできないし、ブルーク国の宮廷魔導士が慌てる様《さま》をホワイタル国の者に見せたくない。

「……っ」

シュタルはため息をついた。

まずは解呪の成功を祈ろう。そして万が一のときには――と、ある決意をして、ぎゅっと拳《こぶし》を握りしめる。

準備が整ったところで、コンドラトが声をかけてきた。彼は解呪が失敗するなど、微塵《みじん》も考えていない様子だ。

「そんな顔すんなって。よく見てろよ、オレだって強い呪いを解呪することができるんだから！」

「う、うん。頑張って。本当に頑張って！」

シュタルは心の底から祈る。

そして、解呪の儀式が始まった。

カーロとシュタルを除く魔導士が、小さな魔法陣とその上に載った石の箱をぐるりと囲む。その脇には鹿の血が注がれた杯が置いてあり、独特の臭いがした。

「いいか、呪文というのはな、副筆頭魔導士のように素早く唱える必要はない。肝心なのは、間違えないことだ。ゆっくりでいいから、間違えずに唱えろ。筆頭魔導士みたいに余計な呪文を足す必要もない。解呪の呪文だけを、しっかりと唱えるのだ」

レッドバーンとオズのことを嫌みたらしく言いながら、カーロは指示を出した。コンドラトたちが、解呪の呪文を唱え始める。

すると、ガタガタと石の箱が揺れ、ひとりでに蓋が開いた。その瞬間、シュタルは再び息苦しさを覚える。

「ひ、ひるむな！　しっかりと、解呪の呪文を唱え続けるのだ！　もし解呪の儀式を中断すれば、呪いが暴走して大変なことになるぞ！」

カーロが怒鳴った。それはコンドラトたちも分かっているのか、苦しそうな表情を浮かべつつ呪文を唱え続ける。

魔法陣が淡く光った。石の箱は激しく揺れ、ひびが入る。呪いと解呪の呪文がせめぎあっているのが、シュタルにも分かった。どうか成功しますようにと、両手を組んで祈るしかない。

しかし、解呪の呪文を唱えていたうちの一人が倒れた。その瞬間、呪いの圧力が強まり、シュタルは床に膝をつく。

「うっ……！」

残されたコンドラトたちも辛そうだった。一人を失ったまま、強い呪いを抑えこみ、解呪しなければならないのだ。

「し、しっかりせんか！　失敗したら命はないぞ！　死ぬ気でやれ！」

シュタル同様、立っていられずに地面に膝をついたカーロが怒鳴る。

石の箱にこめられていた呪いは、役職のない魔導士には手に負えない強さのものだったようだ。部屋の空気が淀《よど》み、目眩《めまい》がしてくる。

一人、また一人と解呪の呪文を唱えていた魔導士が力を使い果たし、倒れていった。最後に残ったコンドラトだけが呪文を唱えている。

「コ、コンドラト！　貴様が倒れれば、どうなるか……ぐっ、分かるな……？　呪いが暴走するぞ……！」

ぜえぜえと肩で息をしながらカーロが言う。呪いが暴走すれば、この場にいる全員の命を失うどころか、部屋全体が呪われてしまうだろう。

魔導士棟の一角が呪われるなんて大失態を、軍議期間中に起こすわけにはいかない。カーロの責任であるものの、オズやレッドバーンの立場も悪くなるのは目に見えているし、ホワイタル国への印象も悪くなる。

レッドバーンのために、そしてこの部屋にいる人たちの命を救うために、シュタルがとるべき行動は決まっていた。

シュタルは両手を床につき、躊躇《ためら》うことなく解呪の呪文を唱え始める。

それに気付いたコンドラトが、「やめろ！」と怒鳴った。けれど、これしか方法がない。

呪われているシュタルは、解呪ができない。その理由は――

「……っ！」

部屋を圧《お》していた呪いが、シュタルに集約し始めた。体中の血が凍りつくような感覚がして、痙《けい》攣《れん》のごとく全身が震える。

「で、でかしたぞ、シュタル！　呪いを持つ者が解呪しようとすれば、その者に呪いが集中し、呪いの暴走は防げる。とりあえずは、最悪の事態は免《まぬが》れたな！」

部屋の空気がよくなっていく中、カーロが立ち上がりながら言った。

「待ってください、カーロ様！　シュタルはどうなるんです！」

血相を変えたコンドラトがカーロに詰め寄る。

「普通なら呪われたくらいですぐには死なないが、これは古物《こぶつ》の中で育った呪いだ。死ぬかもしれない。しかし、死体を燃やしてしまえば呪いも消えるし安全だ。一人の犠牲《ぎせい》で済むのなら、問題ないだろう」

「なっ……！　くそ、こうなったらオズ様を呼んでくるしか……」

そう言ったコンドラトの腕を、カーロが掴んだ。

「ならん！　軍議中だぞ！　ホワイタル国に失態を晒《さら》す気か！」

「そんなこと言ってる場合か！　このままじゃ、シュタルが死ぬんだろ？」

「一人の犠牲《ぎせい》で済むほうがマシに決まっとる！」

頭に血が上《のぼ》ったコンドラトとカーロが言いあう間にも、シュタルの体へさらに呪いが入りこんでくる。

徐々に、シュタルの意識が薄れてきた。

このまま死ぬのだろうか。でも、少しはレッドバーンの役に立てたのだろうか？

せめて、一目でいいからレッドバーンの顔が見たい――そう思ったときだった。

第一資料室の扉が開かれ、カーロとコンドラトの声が響く。

「……！　お前は……」

「レッドバーン様！」

そこに現れたのは、レッドバーンだった。

彼は部屋の状況を一目見るなり、状況を把握したらしい。解呪の呪文を唱えると、彼の体から膨大な魔力が放出され、呪いの気配が消えていく。

数人がかりでも解呪できなかったものを、たった一人で、しかも即座に抑えこむレッドバーンの姿に、カーロとコンドラトは言葉を失った。

無理に解呪をしようとして失敗したことは気付いただろうに、レッドバーンはカーロたちには何も言わなかった。床に倒れているシュタルを抱き上げると、無言のまま部屋を出ていく。倒れている魔導士たちや、カーロやコンドラトを気にかける様子もない。

「にい、さま……？　ど、して……」

なぜ軍議中のレッドバーンがここにいるのかと、シュタルは不安になった。

数名の命を救うために、そしてレッドバーンのためにシュタルは解呪の呪文を唱えたのだ。助かりそうなことへの希望よりも、彼に迷惑をかけてしまったのではないかという不安のほうが勝る。

「オズ様が気付かれた。一瞬だが、強い呪いの気配をここから感じたと。オズ様が上手いこと取り計らって、俺を外に出してくれた。それで様子を見に行こうと思ったら、突然気配が大きくなるのを感じてな、急いで来た」

レッドバーンは、シュタルを抱きかかえて走りながら説明してくれる。鍛《きた》えているからなのか、階段をかけ上がっても息切れしない。

「異変を察知して、オズ様がすぐに会議室に結界を張ったようだから、ホワイタルの連中にはバレてないはずだ。俺が外に出る理由もおかしくないものだったし、お前が心配することは何もない」

そう説明されて、シュタルはほっとした。

おそらく、オズが異変を察知したのは最初に石の箱の蓋を開けたときなのだろう。離れた王宮で、しかもレッドバーンも気付かなかった一瞬の気配を感じるなど、さすがは筆頭魔導士だ。

「あの部屋に立ちこめていた呪いは解呪したが、お前の体に入った呪いは解呪できてない。少々手荒な方法になるが、今すぐになら解呪することができる」

「そうなんですか……？」

「話すな、舌を噛《か》むぞ」

言われて、シュタルは口をつぐんだ。確かに階段を上《のぼ》っている最中なので、体が揺れている。

「お前が戦争のときに受けた呪いは、俺とお前が出会ったときには時間が経っていたせいで解呪が難しくなっていた。でもこの呪いなら、入ったばかりでお前の体にまだ馴染《なじ》んでいないから、大丈夫だ。体に痕《あと》を残さず、そして身体的な負担もそれほどかけずに解呪できる」

「……！」

「大丈夫だ、俺に任せておけ」

体の中に入りこんだ呪いを解呪するのは簡単なことではない。しかし、レッドバーンの「任せておけ」という言葉は、シュタルを安心させた。

死を覚悟していたけれど、助かるかもしれない。体は辛いままだが、心が軽くなった。

レッドバーンは彼の部屋に着くと、ベッドにシュタルを寝かせる。

「いいか、痕《あと》を残すよりはマシだと考えてこの方法をとるが、お前は嫌かもしれない。でも、体への後遺症や負担を考えたら一番いい方法だと思うから、少しだけ我慢しろ」

「は、はい」

真剣な表情で言われて、こくりと頷く。

「俺の体の一部をお前の中に入れ、それを媒体《ばいたい》に解呪する」

「え……？」

レッドバーンは己の指を舐《な》めると、唾液《だえき》にまみれたそれをシュタルの口内に押しこんできた。

「んむっ……」

「嫌かもしれないが、舐《な》めてくれ」

突然の行動に驚いたものの、言われるがままに指に舌を這《は》わせ、そこにまとわりついた唾液《だえき》を舐《な》めとる。こくりと嚥下《えんげ》すると、そこからじわりと熱が生じた気がした。

「んっ、……っふ」

シュタルの喉《のど》が動くのを見て、レッドバーンが解呪の呪文を唱え始める。すると、体がほんのりと温かくなり、痙攣《けいれん》が治まってきた。凍りついたような感覚もなくなっていく。

しかし、上半身は楽になったものの、下肢《かし》は冷たいままだった。

「くそ、下までは届かないか……」

レッドバーンはシュタルの口内の指を引き抜くと、再び舐《な》める。

それどころではないのは分かっていても、自分の唾液《だえき》と彼の唾液《だえき》が混じりあう様子を見て、シュタルはどきりとした。

「シュタル、ちょっと我慢しろ」

レッドバーンはシュタルの服の裾をまくり上げた。下肢《かし》をろくに動かすことができないので、シュタルはされるがままだ。

露《あら》わになった下着を即座に膝まで下ろされて、シュタルは驚いて目を瞬《しばた》かせる。

「力を抜け。奥までは挿《い》れない」

レッドバーンの手が足の付け根に伸ばされ、指先が蜜口に触れた。つぷりと、彼の指がほんの少しだけシュタルの中に入ってくる。

「……っ！」

その衝撃に、シュタルの腰が揺れた。動揺するシュタルをよそに、レッドバーンは解呪の呪文を唱え始める。途端にきらきらと、光の粒子《りゅうし》が舞う。

「あっ、あああああっ！」

シュタルの腰を、熱いものが突き抜けていった。それと同時に、体中を支配していた重い感覚――呪いが霧散《むさん》していく。呼吸が楽になり、体も動かせるようになった。

「……よし、大丈夫そうだな」

レッドバーンはシュタルの中から指を引き抜くと、その指を再び舐《な》める。

「……え？」

解呪のために彼の唾液《だえき》を纏《まと》わせるためならともかく、それが終わった今、彼が指を舐《な》める理由はない。ぽかんとした表情でレッドバーンを見ているシュタルをよそに、彼は背を向けた。

「服、自分で直せるだろう？」

「……あ！」

あられもない格好のままであることに気付き、慌てて身なりを整える。

「な、直しました」

「そうか。体の調子はどうだ？」

「大丈夫です」

ベッドの縁《ふち》に座り直してから答えると、レッドバーンが振り向く。彼の濡《ぬ》れた指先に視線がいってしまい、シュタルは微《かす》かに頬を染めた。

「今の解呪の方法だけど、人には言うなよ。毎日解呪の呪文をかけているからこそできたことだし、

褒《ほ》められたやりかたじゃない」

レッドバーンに言われて、シュタルは頷く。そもそも、とても恥ずかしくて人には言えないので、誰に言うつもりもなかった。

「分かりました」

「お前が戦争のときにかかった呪いも、こんな感じで解呪できればいいんだがな。即座に対処しないと、解呪が大変になる。呪いが体に馴染《なじ》むと解呪の際に痕《あと》が残るし、悪い影響が出てしまう。呪われたらすぐに解呪することが大切だ、覚えておけ」

「はい」

レッドバーンと出会ってから約六年、毎日解呪の呪文をかけてもらっているシュタルは、そのことをよく分かっている。そして、身体的負担がかからないように、何より痕《あと》が残らないように、毎日少しずつ解呪してくれる彼の優しさもよく理解していた。

毎日の解呪など、面倒に決まっている。苦しもうが痕《あと》が残ろうが、一気に解呪したほうが彼だって楽なはずなのに、レッドバーンはそうしなかった。知識の深い彼が自分のことを考えて選んだ方法だと分かっているから、シュタルは彼の方針に大人しく従う。

毎日の解呪のおかげで呪いは暴走することなく、シュタルは普通に暮らせていた。古物《こぶつ》の解呪はできないが、それ以外は魔導士として何も問題なく仕事ができる。

「うん、痕《あと》も出てないようだし、大丈夫そうだな」

シュタルの体を見て、レッドバーンは頷いた。制服で肌は隠れているけれど、解呪の痕《あと》ができているかどうかくらい、彼には服の上からでも分かるらしい。

「俺は軍議に戻る。お前は今日はもう休め。第一資料室に戻ったって、面倒なだけだろうからな。その……体も気持ち悪いと思うし、早めに風呂でも入れ」

「気持ち悪いなんて、そんな」

「最善の方法とはいえ、悪かったな」

レッドバーンはシュタルの頭をぽんと撫《な》でる。その手は、シュタルの口に――そして大事な部分に触れた手だった。それに気付き、とくりと大きく胸が鳴る。

「じゃあな」

レッドバーンは早足で部屋を出ていく。いくらオズが取り計らったといっても、副筆頭魔導士である彼は軍議を長く離席することはできないのだろう。

「…………」

床に積まれていた本も片付き、広くなった部屋に残され、シュタルはぼんやりと考える。

呪われた古物《こぶつ》が見つかってからは、本当にあっという間の出来事だった。一時は死を覚悟したというのに、レッドバーンが助けに来てくれるなんて思いもしなかった。

「また、兄様に助けてもらっちゃったな」

シュタルはぽつりと呟く。

彼の細く長い指を差しこまれた口と、下肢《かし》がほんのりと熱い気がした。

彼の唾液《だえき》が大切な部分に入っていると思うと、とても恥ずかしくていたたまれない気持ちになり、シュタルはしばらくレッドバーンの部屋で休んでから早々に入浴を済ませた。体の内側まで洗い流したわけではないけれど、気分的なものだろうか、さっぱりしたし、いい気分転換になった。

夕食の時間になり食堂に向かうと、コンドラトが声をかけてくる。

「シュタル、大丈夫か？」

「うん、兄様が解呪してくれたの。呪いが体に馴染《なじ》む前に解呪できたから、痕《あと》も残らないんだって。コンドラトと、倒れた人たちは大丈夫だった？」

「みんな大丈夫だ。お前のおかげだ」

「ううん、兄様が助けてくれたんだよ」

確かにみんなを救おうと解呪の呪文を唱え、その身に呪いを受けることを決めたのは自分だけれど、シュタルを助けてくれたのはレッドバーンだ。

だが、シュタルの答えにコンドラトは辛そうに目を細めた。

「結局、お前のことはレッドバーン様が助けるのか……」

「でも、呪いの気配に最初に気付いたのはオズ様だったんだって。すごいよね！」

「……ああ、そうだな」

二人はそのまま一緒に夕食をとったものの、コンドラトはずっと落ちこんでいる様子で、口数も少ない。解呪を失敗したことを気にしているのだろうと思ったシュタルは、変に慰《なぐさ》めるようなことはせず、いつもと同様に彼へ接した。

夕食をとってコンドラトと別れたあと、部屋に戻ったシュタルがくつろいでいると、廊下に面しているほうの扉がノックされる。

レッドバーンなら部屋続きになっているほうの扉から来るので、誰だろうと首を傾げながら扉を開けた。扉の先に立っていた人物を見て、シュタルは目を見開く。

「ゾディ様！」

「やあ、シュタル。約束どおり、誕生日のプレゼントを持ってきたよ。間にあってよかった」

そう言ってゾディは布袋を渡してきた。

「ありがとうございます！　……でも、呼んでくだされば私のほうが伺いましたのに。お忙しいのに、わざわざここまで来て頂くなんて……」

誕生日の贈り物なので、遠慮せずに布袋を受け取る。しかし、こうして隣国の筆頭魔導士様に足を運ばせてしまったことを、シュタルは申し訳なく思った。

「いいんだよ。会議ばかりでは体がなまるからね、少し歩きたかったんだ。用事もないのに他国の筆頭魔導士がウロウロしてたら怪しまれるだろうし、ここまで歩く口実ができてよかったよ」

シュタルが気を遣わないようにそう言ってくれたのは、すぐに分かった。だから、素直に礼を伝える。

「ありがとうございます、ゾディ様。開けてみてもいいですか？」

「うん。軍議遠征のお供として持ってきたやつだから、たいした物じゃないんだけどさ」

確かに布袋は贈答用ではない。しかし綺麗なリボンがつけられていて、そこから彼女の女性らしさを感じることができた。

袋を開けると、ふわっとよい香りが鼻に届く。

「わあ……！」

その中身は紅茶だった。乾燥した果肉が茶葉に交じっている。よい香りの正体は、この果肉のようだ。

「その紅茶は貿易には流してないから、ホワイタルでしか手に入らないんだ。香りがよくて気に入ってるんだけど、国に帰ればいつでも飲めるから、君にあげるよ」

「いいんですか？」

「勿論《もちろん》」

たいした物ではないと言いながら、この国では入手困難な物を渡してくるところもさすがはゾディだ。何から何まで格好よすぎて、同じ女ながら彼女に惚れてしまいそうだった。

「この紅茶は特別なものなので、みんなには秘密だよ。でも、君の師匠ならば口が堅いし、せっかくだから一緒に飲むといい」

「分かりました。ありがとうございます」

「喜んでくれて嬉しいよ。じゃあまたね、シュタル。困ったことがあったら、いつでも私のところにおいで」

「はい！　おやすみなさい、ゾディ様」

「いい夢を」

そしてゾディは立ち去り、部屋に入ったシュタルはもらった紅茶を眺めた。出店で買った物も気になるけれど、まずはこの紅茶を飲んで、感想と一緒に改めてゾディにお礼を伝えたほうがいい気がする。

シュタルは早速ゾディからもらった紅茶をいれて、一口飲んでみた。甘酸《あまず》っぱい味が口に広がり、とても美味《おい》しい。さすがはホワイタル国の紅茶で、渋みも上品だ。

「美味《おい》しい！」

シュタルはあっという間に紅茶を飲みほしてしまった。

なるほど、こんなに美味《おい》しい紅茶なのだから、もらったことを誰かに教えてしまうとホワイタル国の人にたかる者が出るかもしれない。誰にも言うつもりはないけれど、あまりにも美味《おい》しいので、ゾディが一緒に飲むといいと言ってくれたレッドバーンにも味わって欲しくなる。

早く帰ってこないかなとそわそわしながら待っていると、隣の部屋の扉が開く音がした。続けてガサゴソと物音がする。

そして、部屋続きになっている扉がノックされた。

「シュタル、入ってもいいか？」

「勿論《もちろん》です！」

部屋に入ってきたレッドバーンは、疲れた顔をしている。

「体の調子はどうだ？」

「大丈夫です。でも、兄様は疲れていますよね？　兄様、助けてくれてありがとうございました」

シュタルは頭を下げた。

「いや、お前を助けるのは別に構わない。しかし、あれほど強い呪いを持つ古物《こぶつ》はたまにしか見つからないのに、よりにもよって軍議期間中に出てくるとは……。口先だけのカーロ殿が解呪しようとするなんて思わなかった。コンドラトにでものせられたのか？」

まさにレッドバーンの言うとおりだったので、こくこくと頷く。

「はぁ……、軍議中の立ち会いについても考えないといけないな。恨みを買うだろうが、カーロ殿には古物《こぶつ》鑑定から外れてもらう。コンドラトもだ」

胸元をゆるめながら、レッドバーンがため息をつく。その疲れた横顔に、シュタルは声をかけた。

「あの、とっても美味《おい》しい紅茶があるので、飲みませんか？　少しは疲れがとれるかもしれません」

「そうか、今ならホワイタル国の葉物が沢山手に入るからな。いい煙草《たばこ》が吸えると、喫煙組も喜んでいた。じゃあ、風呂に行く前にちょっと休憩するか。いれてくれるか、シュタル」

「はい！　では、兄様の部屋で待っていてください」

レッドバーンは煙草《たばこ》を吸わないが、紅茶は好きだ。あの紅茶なら絶対に気に入るだろうと、シュタルはゾディからもらった茶葉で茶をいれ、レッドバーンの部屋に運ぶ。勿論《もちろん》、使う茶器はオズからもらったものだ。

「ずいぶんといい香りの紅茶だな」

レッドバーンが機嫌よさそうに目を細めた。

「私もついさっき飲んだんですけど、これ、本当に美味《おい》しくて……」

「それは楽しみだ」

レッドバーンはカップを受け取ると、口をつける。

「ん？　変わった味だな。甘酸《あまず》っぱい」

「茶葉と一緒に、乾燥した果肉が入っているんですよ」

「これはこれで美味《おい》しいな。ありがとう、シュタル」

レッドバーンはにこにこしながら紅茶を飲む。

それを見て、シュタルはとても嬉しくなった。だが、半分くらい飲んだところで、レッドバーンの動きが止まる。彼は少し青ざめて、口元を手で覆う。

「兄様……？」

「……シュタル。この紅茶は出店で買った物か？」

低い声で訊《たず》ねられ、シュタルはびくりと肩を震わせた。

「いいえ、ゾディ様から頂いたんです。私が先に飲んだときは何も気付かなかったんですけど、何かおかしなものでも入ってましたか……？」

「くそ、あの女狐《めぎつね》め！」

レッドバーンは舌打ちした。

「兄様、どうしたんですか？」

「どうしたも、こうしたも……。これ、おそらく媚薬《びやく》だ。お前の様子を見ると、おそらく男にのみ効果のある精力増強剤ってところだろうな。茶葉を見せてみろ」

「えっ……？　は、はい」

シュタルは動揺しながらも、レッドバーンに茶葉の入った布袋を渡す。彼は茶葉に混じっている乾燥した果肉を指でつまみあげると、「こいつはまずい」と顔をしかめた。

「に、兄様。まずいって……」

「凄《すさ》まじく強い効能を持つ果実だ。洒落《しゃれ》にならない。一人じゃどうにもできないな。実際に女を抱くまでは、寝ても覚めても一週間は勃《た》ちっぱなしだ」

「たつって……、勃《た》……、……えっ？」

反射的にシュタルはレッドバーンの下肢《かし》を見た。ぴっちりとした制服ごしに、股間が盛り上がっているのが分かる。しかも、かなり大きい。

「……！」

シュタルの顔が真っ赤になった。

「くそっ、これで会議になんか出られるか。かといって、サボるわけにもいかないし……」

レッドバーンは頭を抱えた。副筆頭魔導士である彼が悩むのだから、おそらく魔術ではどうしようもできない類《たぐい》のものなのだろう。

「ご、ごめんなさい兄様。私……っ」

どうすればいいのか分からなくて、涙目になる。

「——ッ、悪い。お前が悪いわけじゃないし、責めているわけでもない」

「でも……」

「あいつのことだ。俺と飲めとか言われたんじゃないか？」

「どうしてそれを……」

確かにゾディはレッドバーンを名指ししていた。なぜ彼はそのことが分かるのか。

「……やはり、そういうことか。あいつの考えそうなことだ」

「え……？」

レッドバーンは何かに気付いたようだが、何も分からないシュタルは余計に混乱する。

涙目のシュタルと、辛そうなレッドバーンの視線が交わった。彼は大きなため息をつく。

「お前は部屋に戻れ。これ以上、俺の傍《そば》にいると……襲うぞ」

「兄様はどうするんですか……？」

「もさっとした服で隠せればいいんだが、国同士の正式な会議で制服以外を着るわけにはいかない。幻術を使って下肢《かし》を誤魔化すしかないな」

「幻術……！」

それを聞いたシュタルは、驚いて目を瞠《みは》った。

幻術は高度な魔術であり、優秀な魔導士揃いの宮廷魔導士でさえ使える者はほとんどいない。

レッドバーンなら幻術を使えるので、股間の盛り上がりを誤魔化すことくらい可能だろうが、幻術には大量の魔力を消費する。その関係で、本来なら短時間だけ人を欺《あざむ》く際に用《もち》いるものであり、長時間使い続けるなどシュタルは聞いたことがなかった。

「幻術は一時間使うだけでもすごく魔力を使いますよね？　軍議中、人前に出る際はずっと使っているつもりですか？　そんなの絶対に無理です。兄様が倒れてしまいます」

「他に方法がないから、仕方ない」

「……っ」

ただでさえ忙しい時期なのに、これ以上レッドバーンに負担をかけたくない。そして、元々の原因はシュタルなのだ。自分がお茶を出しさえしなければ、こんなことにはならなかった。

意を決して、シュタルは言葉を紡《つむ》いだ。

「私……責任、とります」

「は？」

「兄様、さっき女を抱くまでって言いましたよね。それって、つまり……」

顔を赤くしながらも、うつむきはしなかった。責任をとらなければと、シュタルは藍色《あいいろ》の瞳でまっすぐレッドバーンを見つめる。

「……お、おい待て。それは、つまり――」

レッドバーンの顔色に焦りが混じった。

「ただでさえ忙しいのに、更に幻術を使い続けるなんて、兄様が倒れてしまいます。私は果肉を見ていたのに、薬草学を怠《おこた》っていたせいで効能を見抜けなかったんだから、私の責任です。兄様さえ嫌でなければ、私……っ」

「待て！　嫌なわけあるか！　だが――いや、待て。待て待て！」

慌てた様子で待てを連呼するレッドバーンに、シュタルは生真面目《きまじめ》に頷いた。

「はい、待ちます」

「いや、そう素直に待たれても！　……っ、ああ、もう！」

レッドバーンはぐしゃぐしゃと頭をかき回す。朝、シュタルが綺麗に整えた漆黒の髪は乱れてしまった。

「確かにそれができれば、幻術を使う必要はなくなるんだが……いいのか？　お前、こんな形で貴重な初体験をしてしまって、本当にいいのか？」

「……っ」

勿論《もちろん》、シュタルは処女であるが、それをレッドバーンに伝えたことはない。十三歳の頃より朝から晩まで一緒にいたので、彼がシュタルの男関係を把握していてもおかしくないとはいえ、初体験と言いきられると妙に恥ずかしいものがあった。

しかし、レッドバーンに抱かれることは嫌ではない。

それは彼が好きだからという理由もあるけれど、責任をとりたいという思いのほうが強かった。

彼に無理をさせたくないのだ。

「私のせいです。責任をとります」

「……シュタル」

瞳を潤《うる》ませながら、シュタルはレッドバーンの深紅《しんく》の瞳を見つめる。

「………はなかったが」

ぼそりとレッドバーンが呟いた。シュタルに聞かせるつもりはなく、自然と口をついて出てしまった独り言だろう、やけにくぐもった声だ。

だが、シュタルはその言葉を聞き取った。レッドバーンは呟きが聞こえていたとは思っていないのか、ひとつ咳払いをしたあと、真剣な眼差しでシュタルを見つめる。

「嫁に来い」

「え……？」

「生涯を俺とそい遂《と》げろ」

「……！」

突然の求婚に、シュタルはぽかんと口を開けた。責任をとって彼に身を捧げるとは決めたものの、まさかそんな言葉をかけられるとは予想もしていなかったのだ。

彼の昂《たか》ぶりを静めるだけのはずが、話が飛躍《ひやく》しすぎて混乱する。

「に、兄様っ？　何を言って……」

「断る理由があるのか？　まさか、コンドラトを好きなわけではないよな？」

「コンドラトのことは、何とも思ってません！　それに……」

好きな男なら目の前にいる。

しかし、レッドバーンは潔癖《けっぺき》な男だ。彼のことが好きと伝えてもよいのだろうかと迷っているうちに、レッドバーンは言葉を続ける。

「俺の嫁になることに、問題ないな？」

その強い問いかけに、シュタルは「はい」と答えるのが精いっぱいだった。

頷いたシュタルを見て、レッドバーンの表情がゆるむ。彼はシュタルの両肩に手を置くと、顔を近づけてきた。

「……！」

口づけられる、そう思って咄嗟《とっさ》に目を閉じる。刹那《せつな》、彼の柔らかな唇が押しあてられた。

シュタルは処女で、キスすらした経験がない。初めての口づけは優しいものに違いないと思いこんでいた彼女は、それは幻想でしかないことにすぐに気付いた。

「んむっ……！」

押しあてられたレッドバーンの唇は離れることなく、角度を変えながら何度もシュタルの唇をついばむ。しかも触れるだけではなく、薄い唇を割って彼の舌がねじこまれた。

昼間は彼の唾液《だえき》にまみれた指を舐《な》めたけれど、今度は直接唾液《だえき》が流しこまれて、妙にどきどきしてしまう。

「んうぅ、ん」

レッドバーンの舌が、シュタルの口内を蹂躙《じゅうりん》していく。

彼の舌はシュタルの唇の裏側を舐《な》め、歯列をなぞり、舌の表面や側面をしごいた。キスとはこんなことまでするのかと驚くシュタルは、彼の熱から逃れるように舌を縮こまらせるが、その震える舌の根まで容赦なく絡めとられる。

「んむっ、んう……」

驚きはしたものの、舌が絡みあう感触はとても気持ちよかった。擦れあう舌先から、何とも言えない甘い痺《しび》れがじわじわと全身に広がっていく。シュタルはぎゅっとレッドバーンの服を掴んだ。

「――ッ！」

それが合図とばかりに、レッドバーンはシュタルの後頭部を手で押さえつけ、さらに深く口づけてくる。まるで食べられているみたいだ。けれど、その相手がずっと慕《した》ってきたレッドバーンなのだから、まったく怖くない。

「……っ、はぁ」

長く口づけられて、だんだんシュタルの体の力が抜けてきた。膝が震えて立つのが辛くなってくると、そのことを悟ったレッドバーンがようやく唇を離す。つうっと、唾液《だえき》が糸となって二人の唇を繋《つな》いでいた。

「続きはベッドだな」

レッドバーンはそう言って、シュタルの体を抱え上げる。彼は掛け布団を足で乱暴に払い落とし、シュタルの体をベッドに横たえた。そして覆いかぶさると、再び唇を押しつける。

「んっ」

立っていたときより、こうして横になった体勢で口づけられるほうが、より強く彼の存在を感じてしまう。どうしたらいいか分からないシュタルはろくに動けず、大人しくされるがままになっていた。ただただ、彼との口づけが気持ちいい。

「……ん！」

深い口づけを交わしながら、レッドバーンはシュタルの体を撫《な》で始めた。最初は落ち着かせるように二の腕を撫《な》でていた手が、徐々に胸へと移動していく。

服の上から胸を揉《も》まれて、シュタルの体がぴくりと跳ねた。決して小さくはないが、大きいとも言えない胸は、彼の掌《てのひら》にすっぽりと包みこまれる。

「柔らかい」

「なっ……、んっ、んむっ、……っはぁ」

レッドバーンは一瞬唇を離してそれだけ呟くと、再びキスを続ける。口づけの主導権は彼にあり、シュタルは何も言うことができなかった。

キスをしつつ胸に触れられていると、ふわふわとした気分になってくる。やがて彼は、シュタルの服を脱がしていった。

寝衣に着替えていたから、紐を解けば簡単に脱げてしまう。その下には下穿《したば》きしか身につけておらず、寝衣がはだけると胸が露《あら》わになった。

すると、彼の唇がようやくシュタルの唇から離れていく。濡《ぬ》れた唇が外気に触れ、ひやりとした。

「んうっ……」

レッドバーンの唇は顎《あご》と首筋を通って、胸まで下りていった。つんと勃《た》った胸の先端を咥《くわ》えられて、シュタルは大きな声を上げる。

「あっ！」

じんと、体が痺《しび》れる気がした。

彼の生温かくぬめった舌に胸の頂《いただき》を絡めとられると、思わず腰が浮く。胸に触れられるだけでこんなになるなんてと、シュタルは自分の体のことなのに分からなくなってしまった。

レッドバーンは胸への愛撫《あいぶ》を続けつつ、もう片方の胸を揉《も》み始めた。両方の胸を刺激されて、何度も何度も腰が浮く。ぴくぴくと腰が動く様子に、彼はふっと微笑んだ。

「シュタル、すごく可愛い」

再び腰が浮いた瞬間、下穿《したば》きを一気に剥《は》ぎとられた。あまりの早業《はやわざ》にシュタルは驚いてしまう。

直後、内腿《うちもも》に手を差しこまれ、ゆっくりと両足を開かされた。

その部分は発情期のときにすでに彼に見られているし、触れられている。昼間だって、少しだけど触れられた。

しかし、その先の行為も待っているのかと思うと、激しく胸が高鳴る。

レッドバーンの愛撫《あいぶ》により、秘裂は蜜を垂らしながらひくひくと震えていた。彼はじっとそこを見つめると、口角を上げてシュタルの下腹部に顔を近づけていく。

「んうっ！」

レッドバーンはちゅっと、わざと音を立てて口づけた。唇にしたときとは打って変わって、シュタルの秘部に軽いキスを何度も繰り返す。そのキスの水音は、とてもいやらしく感じられた。

「やあ……っ」

キスされているだけなのに、どんどん蜜が溢れてきてしまう。すると、彼は舌で蜜をすくいとった。

「んあっ！」

美味《おい》しそうに蜜を舐《な》めたレッドバーンは、唾液《だえき》と愛液に濡《ぬ》れた舌先で秘芽《ひが》をつつく。

「ひぁ……、ん」

一番敏感な部分を刺激され、シュタルは目を見開いた。レッドバーンは反応を楽しむように、舌先を尖らせて何度もつついてくる。

「やあっ、にい、さま……っ！　んっ、それ……っああ、だめ……っ」

「だめ？　こんなになっているのに？」

囁《ささや》いてきたレッドバーンは、秘裂にそって指を這《は》わせた。

ぐちゃりと、淫猥《いんわい》な水音が耳に届き、シュタルは思わず耳を塞いだ。だが、それくらいのことで水音は防げないし、彼の言葉もしっかり聞こえてしまう。

「指、挿《い》れるぞ」

そう言って、レッドバーンの人差し指がつぷりと中に入ってきた。前回と同様に浅い部分まででではなく、一気に根元まで挿《い》れられる。

「んっ！」

そこは充分に濡《ぬ》れていたものの、ぴりっと鋭い痛みが体を走った。男を知らない未熟な媚肉《びにく》は、指一本でさえも拒《こば》むように、ぎちぎちと強張る。自然とシュタルの体も硬直した。

「……っ、あ」

「力、抜け」

レッドバーンはちゅっと陰核にキスをしたあと、そこを舐《な》めた。その部分を刺激されると甘い快楽が迸《ほとばし》り、痛みが紛《まぎ》れる気がする。

「あぁ、んうぅ……」

彼は秘芽《ひが》を舐《な》めながら、ほぐすみたいに指を動かしていく。硬く強張っていた秘肉も次第に柔らかくなり、蜜を滲《にじ》ませていった。

気付けば、二本目の指も挿《い》れられてしまっている。

「っあ」

痛みと快楽が入り交じり、シュタルは頭を振った。しかし行為自体への嫌悪感はなく、未知の感覚がほんの少し怖いだけだ。

二本の指がなめらかに動くくらいほぐれてくると、レッドバーンは指を引き抜いた。蜜に濡《ぬ》れた指を興奮した面持《おもも》ちで舐《な》めとりながら、彼は服を脱ぐ。

大きくなった彼のものは、腹につきそうなくらい反《そ》り返っている。人間の裸は魔導書に沢山載っているので、絵でなら何度も見たことがあるが、初めて本物の男性器を目にしたシュタルは驚きのあまり目を瞠《みは》った。

先端に透明な液体を滲《にじ》ませたそれは、とても生々しい。シュタルはその肉の塊《かたまり》から目がそらせなくなった。絵で見たときにはいやらしさなど微塵《みじん》も感じなかったのに、彼のものを見ていると、どきどきしてくる。

「……あまり見るな」

恥ずかしそうにレッドバーンが笑った。

「だって、その、それ……。紅茶のせいでそんなに大きくなっちゃったんですか？」

「今回の原因は紅茶だが、そうでなくても、このくらい大きくなるぞ」

「ええっ……！」

世の男はこんなものをぶら下げて、歩くときに邪魔ではないのだろうか……。勿論《もちろん》、常に勃起《ぼっき》しているわけではないが、そんなことは今のシュタルの頭からはすっぽり抜けている。

そして、これほどまでに大きいものが体に入るのかと、急に恐ろしくなった。快楽に赤らんでいた顔が青ざめていく。

「不安そうな顔をするな。俺も初めてだから上手くはないと思うけど……なんとかなるだろう」

「……えっ！」

シュタルは、今度はレッドバーンの顔を見る。

「なにを驚いている」

「兄様、初めてって……」

「今まで俺に女の影があったか？　そんなことは毎日一緒にいたお前が一番よく分かってるだろう」

「だけど、でも」

彼の言うとおり、レッドバーンに恋人がいるとは思えない。しかし、彼はもう二十六歳であり、顔も整っているのだから、そういうことはどこかで経験しているのだと思いこんでいた。まさか違っていたなんてと衝撃を受ける。

それと同時に、彼の過去に体の関係を持つほど深い仲になった女性がいなかったことを嬉しく思った。

そう、自分がレッドバーンの初めての相手になるのだ。あの紅茶のせいとはいえ、喜ばしいという気持ちが芽生《めば》えてしまう。

「まあ、そのあたりの話はあとでしよう。教えなければいけないことが沢山あるしな。とりあえず、今は……」

レッドバーンは反《そ》り勃《た》つ楔《くさび》の根元を掴むと、蜜を潤《うる》ませる秘裂にあてがった。

「あっ……」

「もう、我慢できない。……いいか？」

「……はい」

シュタルはぎゅっと目をつぶる。

レッドバーンはゆっくりと腰を進めた。めちめちと、狭い肉道を拡《ひろ》げながら硬いものが侵入してくる。

「——っ！」

予想以上の痛みに、シュタルの体が強張った。体を内側から切り裂かれるような衝撃に、思わず涙がこぼれ落ちる。痛みに泣くことなど、子供のとき以来だ。

「……っ、は——」

ぱくぱくと口を開くが呼吸さえままならない。鈍《にぶ》い痛みが体を支配し、柔らかくなっていた媚肉《びにく》はガチガチに硬くなる。溢れんばかりに滲《にじ》んでいた愛液も、すうっと引いていく気がした。

だが、辛そうなのはシュタルだけではなかった。レッドバーンも眉根を寄せ、額《ひたい》に汗を浮かべている。

「……ッ、そんな、しめつけるな」

レッドバーンの歪《ゆが》んだ表情を見て、シュタルははっとした。

「に、兄様も、痛いですか……？」

女性の初体験は痛いという知識はあるものの、男性の初体験の知識までは持ちあわせていない。だから、自分の体が強張っているせいで彼に痛みを与えてしまっているのではと不安になった。

「痛くはない――が、お前の中が気持ちよすぎる」

「……っ！」

レッドバーンの赤い目がすがめられ、そのあまりにも色気のある表情にシュタルはどきりとする。一瞬痛みを忘れ、体の芯《しん》が温かくなり、乾いていたはずの奥から蜜がじわりと溢れ出てきた。まだ痛みは残るものの、辛すぎる痛みより解放されたシュタルの体から力が抜けていく。

「……っんん」

一番深い部分に到達したあと、レッドバーンは大きく息をついた。そして、シュタルの顔を覗きこむ。

「大丈夫か……？」

「は、はい。痛いですけど、途中からましになりました」

「……そうか。動いてもいいか？」

シュタルが頷くと、レッドバーンはゆるゆると腰を動かし始めた。

粘膜《ねんまく》が擦れあい、彼の熱と硬さを体の内側に感じる。その状況に、肉体よりも先に精神的快楽を覚えた。シュタルの内側からどんどん愛液が溢れてきて、強張っていた媚肉《びにく》も徐々にほぐれていく。

「ん……っふ、あ……」

じんじんとした痛みは続いているものの、シュタルの声に艶《つや》が混じる。

「――ッ、は……」

レッドバーンは雄《おす》の顔をしていた。

毎日顔をあわせているというのに、一度も見たことがない表情だ。色気を含んだその真剣な顔に、シュタルはどきどきする。もっともっと、彼のことを好きになってしまう。

「んっ」

視線が交わると、レッドバーンが口づけてきた。

唇が触れた瞬間、シュタルは反射的に唇をうっすらと開く。それに導かれるように、レッドバーンの舌がシュタルの口内に滑《すべ》りこんだ。舌先が触れあい、シュタルは自分から積極的に舌を絡める。

「……ッ！」

火がついたみたいに、レッドバーンの口付けが深くなった。ゆっくりだった腰の動きも、速くなる。

「んむっ、んっ、んん」

ずんずんと突き上げられて、シュタルは彼の背中に手を回し、ぎゅっとしがみついた。鍛《きた》えられた筋肉に触れると安心する。痛みはかなりましになっているし、その痛みの先に何か不思議な感覚が芽生《めば》え始めていた。突かれるたび、お腹の奥がじんと響く。

「……ッ、シュタル……」

唇を離して、レッドバーンが掠《かす》れた声で問いかけてきた。

「いまさらだが……中で、出してもいいか？」

その意味が分からないほど、初心《うぶ》ではない。

シュタルが「はい」と答えると、レッドバーンの腰の動きがさらに速くなった。がつがつと奥を穿《うが》たれて、何も考えられなくなっていく。

「……っ、あ、ああっ、兄様……っ」

「シュタル……ッ」

激しい抽挿《ちゅうそう》のあと、レッドバーン自身が打ち震える。熱いものが奥深くまで注がれて、シュタルは何とも言えない感覚におちいった。

レッドバーンは大きく息をついたあと、シュタルの頬にちゅっと優しいキスをする。それは終わったという合図のように思えて、シュタルは問いかけてみた。

「兄様、今……」

「……ああ」

レッドバーンは小さく頷く。

「……！」

自分の中に、レッドバーンの体の一部が入っている。それだけでも充分いやらしいことに感じられるが、さらに彼の体内で作られたものが自分の中に注がれたと思うと、シュタルの劣情は煽られた。

恋い焦《こ》がれる男を改めて内側に感じ、胸が熱くなり、体温が上がっていく。

「……に、いさま……っ」

シュタルの体が震え始め、つま先までぴんと足が伸びた。その拍子に、ぎゅうっと体内にいたままの彼をしめつける。

「……ッあ」

レッドバーンが上擦《うわず》った声を上げた。膣壁《ちつへき》は男根にねっとりと絡みつき、大きく波打つ。

「――っ」

快楽の波に呑みこまれたシュタルは、その余韻にぼうっとする。そんなシュタルの体を、レッドバーンはきつく抱きしめた。

「……煽るなよ、止まらなくなる」

吐精したことでようやく落ち着きかけていた雄《おす》の部分は、強いしめつけでまた元気な姿を取り戻していた。

「シュタル……もう、一度……」

レッドバーンはシュタルの震える唇に口づけて、また腰を動かす。

「あ……っ、ふっ、ん……」

吐き出されたレッドバーンの精が、奥へ奥へと押しこまれていく。内側の、さらに深いところまで彼に浸食される感覚がして、シュタルは目を細めた。

「兄様のが……っ、奥に……っ、はぁ……ん」

「奥が痛むか？」

気遣うように、レッドバーンが声をかけてきた。

「違う……っ、ん。兄様から、出たのが……奥に、押しこまれてると思うと……はぁん、どきどきして……」

「……！」

レッドバーンの動きがぴたりと止まった。シュタルの内側で、彼のものがぐんと大きくなる。

「……っあ！　お、大きく……なって……」

「なあ、シュタル？　もっといっぱい、出してもいいか？　もっともっと奥まで、俺のを流しこんでもいいか？」

つうっと、レッドバーンの額《ひたい》を流れた汗が、彼の目に入った。欲情に潤《うる》んだ赤い瞳は蠱惑的《こわくてき》で、見惚《みと》れてしまう。

「は、はい……沢山、ください……。兄様で、いっぱいにして……」

「分かった、シュタル」

重ねられた唇から、唾液《だえき》が流しこまれる。

上からも、そして下からも、彼の体液を与えられ、シュタルの胸は熱くなった。

レッドバーンも止まらないとばかりに、夢中でシュタルを貪《むさぼ》る。それは紅茶のせいなどではなく、シュタルこそが彼の導火線に火をつけていた。


翌朝、シュタルは普段と同じ時間に目を覚ました。昨夜はいつのまにか意識を失っていて、いつ寝たのかも定かではない。

目を開けると、いつもと違う天井が視界に入ってきた。

「……あ」

シュタルはレッドバーンの部屋で眠っていたようだ。下着は身につけていないが、寝衣だけは着せられている。

すうすうと、心地よさそうな寝息が隣から聞こえる。

隣を見たところ、レッドバーンが気持ちよさそうに寝ていた。おそらく体を重ねたあとに浴場に行ったのだろう、彼は寝衣に着替えており、汗の匂いではなく石鹸《せっけん》のよい香りがした。

「……」

昨日のことが脳裏に蘇《よみがえ》り、急に恥ずかしくなる。しかし、早く準備をして国王夫妻のもとに行かなければと、シュタルはベッドから下りて自室に戻ろうとした。だが――

「……っああ！」

少し歩いたところで、じわりと蜜口から液体が溢れる。昨日たっぷり注がれたレッドバーンの精が、内腿《うちもも》を伝い落ちていった。その感覚にぞくりと体を震わせる。

「……ん？」

シュタルの声に、レッドバーンが目を覚ました。

「おい、どうした？　調子でも悪いか？」

シュタルが微《かす》かに肩を震わせながら顔を赤くしている様子を見て、レッドバーンが慌ててかけ寄ってくる。

「昨日は無理をさせたから……」

「違います、そうじゃなくて……っ、ああん！」

シュタルの腰がびくりと揺れる。レッドバーンはシュタルの下肢《かし》を見て、気付いたようだ。男だからこそよく知る匂いが彼の鼻に届く。

「……ッ」

彼は顔を赤くして口元を押さえた。そう、一晩経ったからといって、出したものが消えるわけがない。歩けばこうして外に出てくるのはあたり前のことだった。

レッドバーンは視線を逸らしながら、静かに言う。

「シュタル。今日は俺一人で祝福の儀に行くから、お前は部屋で休んでろ」

「でも……」

「今のお前に隣を歩かれたら俺の理性が持たないし、お前のその顔をほかの男に見せたくない。たとえ陛下でもだ。だからお前は、しっかり体を清めてくれ」

「……！」

そこまでレッドバーンに言われてしまえば、シュタルも嫌とは言えないし、こんな状況で普通に歩けるとは思えなかった。

「じゃあ、お言葉に甘えます」

「ああ、そうしてくれ」

レッドバーンは自分で着替えを用意する。

シュタルはのろのろとした足取りで自室に戻ると、桶《おけ》に水を用意し、濡《ぬ》らした布で体を拭《ふ》いた。

まだ精が残っている下肢《かし》や、胸にも沢山散っている赤い痕《あと》に、昨晩の情事を思い出してしまう。

やむをえない事情のせいとはいえ、ずっと好きだったレッドバーンと繋《つな》がることができた。

しかも彼は嫁に来いとまで言ってくれた。恋が成就《じょうじゅ》した気がして胸が弾《はず》む。――嬉しい、はずなのだけれど。

「………」

ふと、求婚の前に彼が呟いた台詞《セリフ》を思い出してしまった。聞き間違いでなければ、彼は確かにこう言ったのだ。

――言うつもりはなかったが、と。

好きな男と肌を重ねて婚約をして、普通なら幸せの絶頂だ。しかし、彼の呟きがちくりと胸を刺す。

そう、レッドバーンは一言もシュタルのことを好きだとは口にしていない。

こみ上げる欲情を鎮《しず》めるために仕方なくシュタルを抱き、その責任をとるために嫁に来いと言ったのではないだろうか？　本当はシュタルと結婚したいなんて微塵《みじん》も考えていなかったに違いない。

「……っ」

胸が痛くなり、思わず押さえる。まだ体の中にある昨夜の名残《なごり》が、とても切なかった。

なんとなく気まずくて、シュタルはレッドバーンが王宮から戻ってくる前に朝食をとることにした。

きちんと体を清めたので、いやらしい匂いは残っていない。レッドバーンは見える場所に痕《あと》をつけなかったし、鏡の前でおかしいところがないか、何度も念入りに確認をした。

それにもかかわらず、食堂では他の魔導士が妙にじろじろとシュタルを見てきた。シュタルと顔をあわせて「あっ」と声を出す者もいる始末だが、一体何がいけないのか分からない。例の古物《こぶつ》鑑定の呪いのせいで目立ってしまったのかもしれないと思ったけれど、それでも昨日の夕食のときには見られたりはしなかったはずだ。

しかも、コンドラトに至ってはシュタルを見るなり、手にしていたお盆を床に落とした。彼は食べ終えて片付けるところだったらしく、お皿は割れてしまったものの、食べ物を粗末にしなかったのがせめてもの救いだ。

「どうしたの、コンドラト？」

シュタルはかけ寄り、床に散らばった破片《はへん》を拾うのを手伝う。

「お前、まさか……いやでも、昨日の夕飯のときには、まだ……。え？　なんでだよ……？」

コンドラトの顔は青ざめていた。

「調子が悪いの？」

お盆を落とすし、顔色は悪いし、コンドラトは体調が悪いのだろうか。昨日の解呪でだいぶ魔力を使ったはずだから、その影響が出ているのかもしれない。そう思ったシュタルが心配そうに声をかけると、彼はうつむいて首を振る。

「なんでもない。それより、指を切るかもしれないから、片付けなくていい。あっち行ってろ」

いつもは明るく話しかけてくれるのに、妙にとげを含んだ物言いだった。これは本当に体調が悪いのかもしれない。

ふと、嫌な視線を感じてシュタルは振り向いた。遠くから、カーロがシュタルのことを……正確に言えば、シュタルの腰を見つめていた。その粘《ねば》ついた視線に、ぞわぞわと全身に鳥肌が立つ。

シュタルは、話しかけるなと言わんばかりの雰囲気をかもし出すコンドラトに向き直った。

「分かった。もし昨日の影響で調子が悪いなら、無理しないで休んでね」

「……ああ。お前こそな」

シュタルは拾った破片《はへん》を纏《まと》めて、カーロの視線から逃げるように食堂を出ていく。そして午前中は、魔導士棟にて軍議関係の資料整理に勤《いそ》しむことにした。

なるべく王宮を避けたから、午前中はレッドバーンと顔をあわせずに済んだけれど、昼下がりの休憩のときには解呪を受けねばならなかった。

時間ぴったりに、レッドバーンがシュタルの部屋に来る。いつもは一緒に休憩に入るか、シュタルが彼の部屋を訪れるのだが、今日はレッドバーンから訪ねてきた。

「体の調子はどうだ？」

「あ、あの……！　大丈夫なはずなんですけど、妙にみんなから見られて……。私、どこかおかしいですか？」

気まずい気持ちはあれど、じろじろと見られる不安のほうが勝り、レッドバーンに問いかける。

彼はその理由が分かっているようで、頷きつつ近くにあった椅子に腰掛けた。

「お前に説明することがある。今まで教えていなかったことだ。長くなるから、お前も座れ」

「はい」

促《うなが》されて、シュタルはベッドの縁《ふち》に腰掛ける。

「まず、俺は女性経験がないと言っただろう？」

「……っ、はい」

なぜそこから話が始まるのかと、シュタルの頬が赤くなった。

「魔導士の持つ力について教えよう。お前はいくら修業しても、魔力が強くならないと言っていたな？　実は、修業をして魔力を強めることができるのは、男の魔導士だけだ。女の魔導士はどれだけ頑張っても、魔力が強くなることはない」

「えっ」

予想もしていなかった事実を知らされて、目を瞠《みは》る。

「勿論《もちろん》、修業自体は無駄にはならない。魔力の調整が上手くなる。ただ、魔力が強くならないから、高度な魔術が使えないんだ」

「そうだったんですか……」

今までシュタルがどれだけ頑張っても、魔力が強くなることはなかったが、まさか性別のせいだったとは。才能がないのかと思っていたけれど、そうではなかったようだ。

「修業すればするだけ、男ならば強くなれる。だが、男の魔導士は女を抱いた瞬間、魔力が弱まってしまうんだ。今までだって、急に魔力が弱まる魔導士がいただろう？　あれは、女を抱いたからだ。抱いた女の数が多ければ多いほど、そして、その抱いた女が多くの男と肉体関係を持つほど、魔力は失われてしまう」

今まで知らなかったことを伝えられ、驚きと同時に疑問がこみ上げてきた。

「じゃあ、兄様の魔力は……」

シュタルは不安げにレッドバーンを見つめた。自分のせいでレッドバーンの魔力が弱まってしまったのではないかと、泣きそうになる。

「心配するな。清らかな体……つまり、処女を抱くくらいなら、ほぼ影響はない。役職についてる高位の魔導士だって、所帯持ちの奴がいるだろう？　たった一人と結ばれるなら——そして、相手が処女であるのなら、強い魔力を保ったままでいられる。その相手となら何度情を重ねようが、互いが互いの体しか知らなければ、魔力が弱まることはほとんどない」

「そうなんですか。よかった……」

シュタルはほっとした。

「性交は、新しい命を生み出すことができる神秘の行為だ。だからこそ、魔導士は大きな影響を受けてしまう。童貞だからいいとか、処女でなければならないとか、そんなことは思わない。だが、これが魔導士としての自然の摂理《せつり》だ。これぱかりはどうしようもない」

レッドバーンは目を細める。

「宮廷魔導士というのは、かなり高給取りだ。役職についてるなら、なおさらな。十年も働けば、相当の財を築ける。だから男の宮廷魔導士はある程度稼《かせ》ぐまでは貞操を守り、充分稼《かせ》いだら嫁を探すんだ。そのときに惚れた女が処女でなければ、力を失うことになるからな」

「そうだったんですね……」

シュタルは今まで、魔力を失い宮廷から去っていった先輩魔導士のことを残念に感じていた。しかし魔力と宮廷魔導士という地位を失っても一緒にいたいと思える女性に出会えていたなら、彼らは幸せだったのだろう。

「もしかして、オズ様はそろそろ……」

「いや、あのかたは多分これからもずっと清らかなままだ。オズ様は生身の女に興味がない。土人形が相手をしてくれるからな」

「土人形……？」

そういえば先日、大量の土袋をオズの部屋に運んだことを、シュタルは思い出した。

「オズ様はすごいぞ。土人形を本物の女性のようにできる魔術を使える。見た目では人間でないとは分からない。そして、土人形には命がないから、いくら交わっても魔力は弱まらないんだ。人間より土人形がお気に入りのオズ様なら、この国の筆頭魔導士の最高年齢を更新できると思う」

「………」

頑張って運んだあの土袋が、まさかそんなことに使われるなんてと……とシュタルは絶句した。

だが、確かにオズの魔力はすごいし、土人形を人間同然にする魔術を使えるなんて、それほど凄腕の魔導士が力を失うことは国にとって大きな損失だ。本人が満足しているのであれば、これでいいのかもしれない。

「とりあえず、これが男の魔導士の仕組みだ。そして、女の魔導士の場合は逆だ。女は修業しても強くはならないが、男と体を重ねれば重ねただけ魔力が高まる。この前、発情期が来ただろう？あれも、女性魔導士は男を知れば知るだけ強くなるから起きると言われている」

「そうだったんですか……」

あの意味不明な現象に理由があったことも驚きだし、何より女性の魔導士が力を強める方法に驚愕《きょうがく》した。まさか、そんなことをしないと強くなれないとは。

「ちなみに、自分では気付いていないかもしれないが、今のお前の魔力は昨日までとは全然違う。じろじろ見られたのも、それが原因だろう。男の魔導士は、女の魔導士が処女かそうでないか、すぐに分かるからな」

「え？　つまり――っ、やだやだやだやだ！」

シュタルは手で顔を覆った。耳まで真っ赤になっている。

「そんなことが知られるなんて……！　じゃあ、みんなは分かっていて私を見てたの？　コンドラトも？　……えっ？　えっ？　そ、そんな……！」

動揺したシュタルに、レッドバーンが静かに声をかけた。

「落ち着け。そもそも、この時期なら運がいいかもしれないぞ。今ならホワイタルの宮廷魔導士の女たちがやって来ているからな。彼女たちにそそのかされて、男を誘惑して力を強くする女の魔導士は珍しくないし、それで引き抜かれてホワイタルに移る奴もいる。毎年あることだから、そこまで気にすることはない。俺だって、ああそうか、とうとうあいつも……ぐらいにしか思わないしな」

「でも、恥ずかしいです！」

「お前が考えるほど、男の魔導士たちは気にしてないぞ。視線が気になるなら、午後は出店の見回りにでも行けばいい」

「……そうします」

午前中に向けられていた視線にそういう意味がこめられていたのかと思うと、同僚と顔をあわせるのが恥ずかしい。レッドバーンの言うとおり、午後は見回りに行ったほうがよさそうだ。

「さて、大体説明は終わったはずだが、何か質問はあるか？」

「あの……、どうして今までこのことを教えてくれなかったんですか？」

副筆頭魔導士に上《のぼ》り詰めるほどの実力を持つレッドバーンの知識量は膨大で、これまでも沢山のことをシュタルに教えてくれた。しかし、魔導士の基礎とも思えるこの事柄だけ秘密にされていた理由が気になる。

「このことを若いうちに教えると、強くなりたいあまりに自分の体を大切にしない者が出てきてしまうからな。お前のような戦争孤児なら、なおさらだ。ブルーク国の宮廷魔導士の規則では、この話は女性魔導士には成人してから伝えると定められている。だからシュタルが十六になったときに教えてもよかったんだが、お前の村では十九が成人って言ってただろう？　だから、今度の軍議が終わったら教えるつもりでいた」

そのレッドバーンの言葉に、ちゃんとシュタルのことを考えた上で秘密にしていたのだと分かり、胸が熱くなった。

「他に聞きたいことはあるか？」

説明をするだけして話を終えるでもなく、こうして質問があるかどうかを聞いてくれるのも嬉しい。彼のこういうところが大好きだ。

「まだ頭が混乱していて……、落ち着いていろいろ考えてみますので、それから質問してもいいですか？」

「ああ、勿論《もちろん》だ。じゃあ、今日の解呪をしないとな」

そう言って、彼は服を脱ぎ始めた。シュタルも昨夜の恥ずかしさは残っているものの、下着姿になる。今日はシュタルの部屋だったので、レッドバーンの部屋のものより小さめのベッドで抱きあった。魔力が落ち着くと同時に、シュタルは下肢《かし》に硬いものを感じる。

「……！」

それがなんであるのか、すぐに分かった。なにせ、昨日は散々これで貫《つらぬ》かれたのだ。

「あの、兄様っ？」

「仕方ないだろ。生理現象だ」

そう言いながら、レッドバーンはまるで悪戯《いたずら》するかのように下肢《かし》をぐりぐりと押しつけてきた。

昨夜のことを思い出し、シュタルの瞳が潤《うる》む。

「……ッ、そんな顔をするな。理性が飛んで、襲いたくなる」

「えっ」

「さすがに昼間からはできないからな。……おやすみ、シュタル」

「えええっ」

レッドバーンは詠唱を始める。心地よい睡魔に襲われ、シュタルは眠りに落ちていった。


昼休憩が終わり、シュタルは城下街へと向かった。

出店が並んでいる大通りは混雑しており、人混みをかき分けながら並んでいる売り物を調べる。

その日によって並ぶ品物が違っているので、昨日調べた店も再び見る必要があった。品物を真剣に検《あらた》めていると、自分の名を呼ぶ声が聞こえてくる。

「シュタル！」

その声に振り向いたところ、宮廷魔導士の同僚のライムがいた。彼女はシュタルよりひとつ年上で、魔力も同じくらいだったはずだが――

ライムに近寄ると、彼女から感じる魔力をいつもより強く感じた。それは彼女も同じだったらしく、シュタルを見て驚いている。

二人は見つめあったまま、頬を朱に染めた。お互い何があったのか、すぐに分かってしまう。

「ねえシュタル！　もしかして、あなた……」

「……ライムも？」

「ちょっと落ち着いて話せるところまで行きましょ！」

ライムに手を引かれ、人混みを離れる。

「待って、出店を調べないと……」

「真面目にやらなくても大丈夫だって。そもそも、呪いを持った品を運んできた商人たちはなんともないでしょ？　あれは持ち運んでも大丈夫なくらいの品物をわざと持ちこんで、魔導士に売りつけるって商売なの。呪われてるって分かってて売ってんのよ。今まで気付かなかったの？」

「な……」

ライムの指摘どおり、そんな思惑にはまったく気付いていなかったシュタルは、思わず絶句した。

「心配しなくても、商人たちは呪いの品を売る相手を選んでるわ。でも、もしあたしたちが買わなくなったら一般の人にも売るようになって、あたしたちがまた買わざるを得ない状況を作られてしまうはずよ。だから、分かっていても何も言わずに買うの。持ちつ持たれつってやつ」

「ええ……」

そんなあくどい商売をしていたのかと、眉をひそめる。

「怒らないの！　まったくあなたは真面目なんだから。呪いを持つ品物はそんなに高いものではないでしょう？　それにあたしたちだって、仕事を口実にこうしてお店を見て回れるんだから、お互いに得じゃない」

呪いを持つ古物《こぶつ》自体を売って利益を得るだけではなく、女性魔導士を呼び寄せて商品をついでに買わせる効果も狙っているようだ。さすが商売人だとシュタルは舌を巻く。

「あっ、あそこが空《あ》いてるわ」

ライムは広場の噴水《ふんすい》を指さした。広場には出店が並んでおらず、休憩場所となっていて、ベンチや噴水《ふんすい》の縁《ふち》に座って一休みしている人が沢山いる。

二人は空《あ》いているベンチに腰掛けた。

「で、相手は誰？　レッドバーン様？　それとも、コンドラト？」

座るなり、ライムは興味津々《きょうみしんしん》といった様子で問いかけてきた。

「なんでコンドラトの名前が出てくるの？　そんなことをする相手は、その……兄様しかいないもの」

「やっぱり、そっちなのね！　あのレッドバーン様が！　とうとう！」

口元に手をあてながら、ライムはにやにやと笑っている。

「そういうライムのお相手は誰なのよ」

「あたしはね、魔導図書館の館長の……」

「あっ、あの眼鏡をかけてる真面目そうな人？　茶色い髪の」

「そう、その人！」

「あー！　あの人って分厚い眼鏡をかけてるけど、顔が整ってるよね」

「そうなのそうなのー！　本当はすごく格好いいのー！」

お互いに手を組み、きゃあきゃあと女の子らしい話に花を咲かせる。

「今の時期って、ホワイタルの人たちがすごい格好で来るでしょう？　男の魔導士なんてほとんど童貞だからさ、もうあの色香にあてられちゃって……。でも、逆に今が好機だって思って、わざわざ図書館に書類を持って行く用事を作って、それで……」

「ライム、頑張ったんだね！」

「だってあの人、普段は全然相手にしてくれないんだもん。だけど、軍議のときだけは特別よ。ホワイタルの人たちには感謝してる！　実は、背中を押してくれたのもホワイタルの人たちなのよ」

シュタルはなし崩しにそうなってしまったが、意中の相手を落とすために頑張った同僚に感心してしまう。「潔癖《けっぺき》そうだし、嫌われたら……」と勝手に決めつけて何も行動に移さなかった自分のことを、恥ずかしく思った。

「上手くいってよかった」

そう言って幸せそうに笑うライムの姿がとても眩《まぶ》しかった。同時に羨《うらや》ましくなる。

「ねえ。実は私、男と女で魔力を強くする方法が違うって今日初めて知ったんだよね。もしかして、

軍議が終わると、魔力が弱まって辞めちゃう人が多いのって……」

シュタルの言葉に、ライムがはっきり答える。

「そうよ、ホワイタルの人に食べられちゃってるの。彼女たちが強いのも、ここで男をつまみ食いしていくからなのよ」

なぜホワイタル国の魔導士たちの露出度が高いのか、シュタルはようやく理解した。あれはこの国の魔導士たちを誘惑するためなのだ。

「それって、国際問題に発展しないのかな？　だって、毎年毎年、優秀な宮廷魔導士が辞めることになるじゃない？　しかも、ホワイタルの魔導士だけが強くなるわけで……」

「大丈夫。無理矢理襲うわけでもないし、そもそも男側のやる気がないと勃《た》たないから交われないでしょ。それに、いくら男と寝て魔力を高めても、万が一その相手が死んだら、その分の魔力は失われてしまうのよ。だから、ホワイタルの女性魔導士たちがいくら強くなろうが、うちの国を攻め辛くなるの。帝国に対抗するのに同盟を組んでるけど、国同士の同盟なんてもろいからね。ホワイタルが裏切って攻めてこないよう、保険として上層部は黙認してるのよ」

「そうなんだ。私、何も知らなかったんだな……」

商人の件といい、ホワイタルの女性魔導士の件といい、シュタルの知らない内容がいっぱいだ。物事は善悪ではなく損得で動いており、今まで見ていたのは物事のほんの一部だったことに改めて気付かされる。

「まあシュタルの場合、レッドバーン様に甘やかされてるものねー。そういう黒い部分は教えてもらえなかったのかな」

「やっぱり、甘やかされてる？」

「ええ、とっても。そもそも、男と女の魔導士の魔力の秘密のことを、あなたが十九歳になるまでは絶対に言うなって、レッドバーン様がみんなに口止めしてたのよ」

ライムは意味深な微笑を浮かべてみせた。

「そ、そうだったの……？」

「そうなのよ。魔力の秘密を教える時期は、あなたの村での成人の年齢にあわせているってレッドバーン様に聞かされたわ。シュタルは本当に大切にされてるわよ。お互い、上手くいくといいわね」

「……うん」

レッドバーンがシュタルの知らないところでそんなことをしていたのかと思うと、胸がくすぐったくなった。なんだか嬉しい。

「まだこれからなのに縁起《えんぎ》悪いことを言うようでなんだけど、もし駄目になったら、すぐにホワイタルに行こうね。あたし、今のうちにホワイタルの偉い人から紹介状をもらっておくつもり。みんなそうしてるわよ」

「え？　ホワイタルに？　なんで？　失恋の傷を癒《い》やすために、修業に打ちこむとか？」

シュタルは首を傾げる。

「違う違う。シュタルは、男の魔導士は処女とするくらいならたいした影響はないっていうのは教えてもらったのよね？」

それは聞いたばかりなので、シュタルは頷いた。それを見て、ライムは説明を続ける。

「でもね、一度体を繋《つな》げたあと、その相手の女が別の人と関係を持ったら、男の魔導士の力は弱まってしまうの。一度でも関係を持つと、ずっとその影響が続いちゃうのよ。だから付きあっている間ならともかく、別れたあとに他の男とくっかれたら自分の魔力が落ちるって、恋路を邪魔してきたり、最悪の場合、監禁しちゃったりとか……！」

「……！」

「ホワイタルに女性魔導士が多いのも、他の国から逃げてきた女の人を積極的に受け入れてるためなのよ。そして、あっちでは女性の魔導士を守る設備が整っているから安全なの。レッドバーン様は人格者だから大丈夫そうだけど、シュタルも念のためにすぐ逃げられるよう準備しておいたほうがいいよ。恋は人をおかしくさせるからね」

「………」

シュタルはふと、レッドバーンに求婚されたことを思い出した。

抱いた責任をとる意味での求婚かと考えていたのだが、もしかしたらシュタルが他の男と付きあい、その結果自分の魔力が弱まるのを防ぐために言い出したのかもしれない。

そもそも、シュタルとレッドバーンは好きあっているから体を繋《つな》げたわけではない。軍議に支障が出るから、仕方なくやったことなのだ。

言うつもりはなかったが、という彼の呟きが何度も脳裏で繰り返され、シュタルの胸が痛くなる。

結婚するのはシュタルのためなどではなく、レッドバーン自身のためなのだろうか。

「あれ？　シュタル、顔色が悪いよ？　大丈夫」

ライムが心配そうにシュタルの背中を撫《な》でてきた。

「だ、大丈夫。ちょっと疲れちゃったみたい」

「あー、大通りは人がすごかったもんね。寮《りょう》に戻ろうか。部屋まで送るわ」

「うん」

頭がくらくらする。

好きな人と結ばれ、幸せな状況のはずなのに、シュタルはどうしようもなく泣きたくなった。

ライムに送られ部屋に戻ってきたシュタルは、少し休んだあとに古物《こぶつ》鑑定の仕事を手伝いに行く。

今日の立ち会いは、ライムと結ばれた魔導図書館の館長だった。軍議期間中は魔導図書館を閉めることにしたらしい。魔導図書館の館長なら役職に就いているし、魔力も強いので、適任なのだろう。

シュタルの他にも、その場にいた宮廷魔導士一名の魔力が以前と変わっていた。魔力の変化は即《すなわ》ち性交したことを意味するので、若干の気まずさはあったものの、誰もそれを口にせず、滞《とどこお》りなく業務をこなす。

一日の仕事を終えたシュタルは夕食後、入浴を済ませた。入浴中、さりげなくホワイタル国の女性魔導士たちの肌を見てみれば、大きな胸に沢山のキスマークをつけている人がちらほらいる。シュタルの肌にも小さな痕《あと》がいくつか残っていたが、この浴場ではそこまで神経質に隠さなくてもよさそうだ。

シュタルは自室で濡《ぬ》れた髪を拭《ふ》きながら、ぼんやりとレッドバーンのことを考えていた。

レッドバーンは自分には勿体《もったい》ないくらい素晴らしい人間だと思うし、魔導士として尊敬している。

そして、一人の男として恋心を抱いている。

しかし、どうしても心にもやがかかってしまうのだ。

彼と体を重ねたことは後悔していない。ただでさえ忙しい軍議期間中に幻術を使わせ続けるわけにはいかなかったし、あの時はあれが最良の方法だったと思う。シュタルが処女だったからこそ、レッドバーンの魔力は弱まらずに済んだ。

でも、彼は求婚までする必要はなかった。魔力が弱まるから他の男と性交するなと、それだけ伝えてくれればよかったのだ。そうすれば、シュタルだって彼の言うとおりにしたのに。

心のこもっていない求婚ほど空《むな》しいものはない。

一度は承諾《しょうだく》したものの、求婚は断ろうとシュタルは決意した。わざわざ結婚などしなくても、貞操は守ると伝えよう。

「……！」

ふと、隣の部屋から物音がした。レッドバーンが帰ってきたのだろう。入浴のためか、彼はすぐ部屋を出ていってしまった。

「……っ」

シュタルは胸元を押さえた。彼のことを考えると、苦しくなる。

レッドバーンが好きだから、求婚を断るのは辛い。何も知らないふりをして彼と結婚してしまおうかという考えが頭をよぎる。

それでも、好きだからこそ彼に望まぬ結婚をして欲しくはなかった。

一度は承諾《しょうだく》している手前、何と伝えたら角が立たないのか、シュタルは一生懸命言葉を探す。これといった言葉が思いつかないまま時間は過ぎ、レッドバーンが再び部屋に戻ってくる音が聞こえた。

「………」

今日伝えなくても、軍議が終わって落ち着いてからにすればいい。彼は疲れているのだからと心の中で言い訳し、ベッドに入ろうとする。レッドバーンと話すのを先延ばししたいという気持ちも少しはあった。

しかし、彼の部屋と繋《つな》がる扉がノックされる。

「シュタル、いるか？」

「……はい、なんでしょう」

「こちらに来て、お茶をいれてくれ」

「は、はい」

師匠をいたわるのも弟子の仕事なので、断るわけにはいかない。

シュタルは出店で買ったお茶を準備すると、隣の部屋に入った。レッドバーンはベッドサイドに腰掛けており、漆黒の髪はまだ濡《ぬ》れていて妙に色気がある。彼は見目麗《うるわ》しいから、何年一緒にいても見惚《みと》れてしまう。

「はい、どうぞ」

シュタルは紅茶のカップをサイドテーブルに置いた。

「いい香りだな。新しい茶葉か？」

「はい。これは出店で買ったものですから、安全です」

「昨日のはまいったが、ホワイタルの薬物は格別だよな」

紅茶を飲みながら、レッドバーンはにこにこと笑っている。そんな彼を、シュタルは少し離れた場所から見ていた。

「なぜそう遠くにいる？　こちらに来たらどうだ」

レッドバーンは自分の隣をぽんぽんと叩いた。

「あの、でも」

「俺が変なことをすると思っているのか？」

「……っ」

シュタルは言葉を詰まらせた。

そうだ、彼は別に自分のことを好いているわけではないのだから、変に構える必要はない。そう自分に言い聞かせて、大人しく彼の隣に座った。すると、肩に手を回される。

「兄様？」

「女をベッドに誘うなんて、下心しかないに決まっているだろ」

「……っ！」

次の瞬間、強い力で抱き寄せられた。頬に手をそえられ、唇を奪《うば》われる。

「んうっ……！」

口づけるなり、紅茶を飲んだばかりだからか、やや熱めのレッドバーンの舌が滑《すべ》りこんできた。

シュタルは彼の体を押し返そうとするが、力では敵《かな》わない。

肉厚の舌に侵入されて、シュタルの体から力が抜けた。そのままベッドに組み敷かれる。

レッドバーンはシュタルのことを好きではないはずなのに、妙に情熱的な口づけだった。逃げる舌を追いかけられ、舌の根まで強く吸われてしまう。

「んむっ、んっ、んう……っ」

口づけに翻弄《ほんろう》されていると、あっという間にすべてを脱がされた。いまだに赤い痕《あと》が残る胸が、彼の大きな掌《てのひら》に包みこまれる。

「んうっ！」

激しい口づけとは裏腹に、体に触れる手つきはとても優しかった。触れられているのは胸なのに、お腹の奥がじんじんと疼《うず》いてくる。

「――っふ、はぁ……」

彼の背に手を回すのは躊躇《ためら》われて、シュタルはシーツをぎゅっと掴んだ。触れられるたびに切なくなるのに、嫌ではない。与えられる口づけに喜びを感じてしまう。

ふと、体をうつ伏せにさせられた。

「……え？」

「後ろからしてみても、いいか？」

そう言うと、レッドバーンはシュタルの腰を持ち上げる。芋虫のような体勢に、シュタルは赤くなった。

「兄様、何を……」

「嫌ならしないから」

レッドバーンは滾《たぎ》った男根を、シュタルの内腿《うちもも》の間に挟んだ。彼が腰を前後させれば、それは柔らかな淫唇《いんしん》を擦る。

「んうっ！　あっ、あぁ……っ」

指で触れられるのとも、舌で舐《な》められるのとも違った感触だった。硬く熱い塊《かたまり》が、柔らかな肉を容赦なくぐりぐりと刺激する。

「ああっ、んうぅ……」

「……ッ、少しでも角度を変えたら入ってしまいそうだな……？　どうする？　お前が嫌なら、挿《い》れない」

ぐちゅっ、ぐちゅっと擦れあう部分から淫猥《いんわい》な水音が響く。それと同時に、じわじわとした何かがシュタルの全身に広がっていった。

ぐずぐずになった部分に熱く硬いものを押しあてられ、もっと内側から彼を感じたいと思ってしまう。

「なあ、シュタル……？　これ、どうしようか？　俺もお前も、もう、こんなになってる」

耳元に唇を寄せ、レッドバーンが囁《ささや》いた。その低く掠《かす》れた声にぞくりとする。

「俺は、挿《い》れたい。なあ、シュタル。シュタル……」

吐息混じりに耳に吹きこまれ、竿を濡《ぬ》れた花弁に強く押しつけられると、くちゅくちゅと音がする。

「シュタル」

甘えるように何度も名前を呼ばれて、もう抗《あらが》うことができなかった。胸の痛みは消えないけれど、好きな男に請われれば拒絶できない。シュタルとてレッドバーンのことが好きだからこそ、彼に抱かれたいという思いがある。

「私、も……っ、欲しいです……」

途切れ途切れに答えると、レッドバーンが腰の角度を変えた。そして男根の先端が蜜口にあてがわれる。

「んう……っ！」

ぐっと、彼のものが隘路《あいろ》をかき分けて奥まで侵入してきた。昨日まで男を知らなかったその場所は微《かす》かな痛みを訴えてくるが、それよりも繋《つな》がれたことの喜びが勝る。

昨日とは違う角度で刺激され、シュタルの腰がわなないた。

「っああ！」

シュタルの蜜壷は、微《かす》かに震えつつレッドバーンの太い楔《くさび》に絡みつく。

「……ッ、すごく奥まで、入るな……」

レッドバーンはゆるゆると腰を動かし始めた。すると、つるりと丸まった先端部分が、一番奥の部分をこつこつと穿《うが》つ。その部分を突かれるたびに甘い痺《しび》れが走った。

「あっ、……っん、兄様、奥……っ」

「ッは、シュタル……。奥、どうなんだ？　嫌か？　それとも、いいのか……？」

最奥を穿《うが》ちながら、レッドバーンが訊《たず》ねてきた。

「んふっ、ああっ。分から、な……んぅ」

「痛いか？」

「痛くは、ない、っん。でも、なんかっ、痺《しび》れる……」

「そうか……、多分、これから、すごく気持ちよくなると思う」

痛くないという返事を聞いてから、レッドバーンは強く奥を穿《うが》った。すると、シュタルの声が大きくなる。

「んうっ！　あっ、やあっ！」

激しく乱れるシュタルに、彼は口角を上げた。

「いい声だ……。色っぽい」

「はあっ、あっ、んぅ……兄様っ……！」

「可愛い」

レッドバーンはシュタルの背中にちゅっとキスをする。

「シュタル……」

何気なく呼ばれた名前に、蜜壷がきゅっとしまった。甘い快楽に小さく呻《うめ》いたレッドバーンは、再びシュタルの名前を呼ぶ。

「シュタル」

それに応えるように、再びきゅっと中がしまる。シュタルも意識しているわけではないが、名前を呼ばれると自然と体が反応してしまうのだ。

名を呼ぶたびにしめつけてくるのが嬉しいのか、レッドバーンは繰り返し呼びかける。

「シュタル、シュタル……っ！」

「つう、あっ、ああっ」

柔らかくとろとろになった内側は、きゅうきゅうと彼のものをしめつけながらレッドバーンを快楽に導く。

シュタルもまた、奥を穿《うが》たれるたびに新たな感覚が花開いていった。一番深い部分から、愉悦《ゆえつ》がじわりと広がっていく。

「兄様っ、あっ、奥、どうしよう……っ」

こみ上げてくる感覚に、シュタルはふるふると首を振った。

「シュタル……っ、奥、よくなってきたか……？」

「んうっ、あ、奥、奥が……っ、……っ、いいです……っ」

ひくひくと、柔肉《やわにく》が熱塊《ねっかい》に強く絡みつく。

すると、レッドバーンはさらに強くシュタルの中を穿《うが》った。彼自身が最奥を突いた瞬間、シュタルの意識が一瞬だけ飛ぶ。

「――っああ！」

シュタルの内側がひときわ激しく彼のものをしめつけた。そして奥へと誘いこむみたいに波打つ。

その搾《しぼ》り取るような動きに促《うなが》され、レッドバーンはシュタルの中に精をまき散らした。途端、熱い迸《ほとばし》りが内側を満たしていく。

「……ッは……、シュタル……」

背中に数回キスを落としたあと、レッドバーンは己を引き抜いた。ぽかっと開いた蜜口から、だらりと白濁《はくだく》液が流れ落ちる。

「……そうだ。これ、かき出しておかないとな……」

今朝のことを思い出したのか、レッドバーンはひくつく蜜口に指を差し入れた。その瞬間、飛んでいたシュタルの意識が戻ってくる。

「ああっ！」

達したばかりで敏感になっている内側を指で探られて、シュタルは涙目になった。

「だっ、だめっ、今はだめっ。それっ、んっ、指……っ」

「出しておかないと、明日の朝に困るだろう？」

「でも……っ、ひゃっ、んうぅ……」

節ばった男らしい指が、膣壁《ちつへき》をなぞっていく。とろりとした液体がかき出されるたび、腰が揺れた。

「っはぁ……んっ」

「そんな声を出すな」

「でもっ、んっ、兄様のっ、指がぁ……」

「…………」

レッドバーンは指を引き抜くと、シュタルを仰向《あおむ》けにした。そして膝を割り開かせ、とろりと白《はく》濁《だく》を流す秘裂を露《あら》わにする。

「兄様……っ？」

「お前が煽るから、我慢できなくなった。もう一度……」

そう言うや否《いな》や、再びレッドバーンのものがシュタルの中に入りこんできた。彼の形を覚えた蜜壷は、嬉しそうに震えながら昂《たか》ぶりを迎え入れる。

「……っ！」

「すまないな……もう一度、汚すぞ。お前の、深いところまで」

汚すという響きに、シュタルはぞくりとした。彼に支配されることを嬉しいと思う自分がいる。

「んっ、ううっ」

「……ッ、ああ、お前の中、すごいことになっているな……」

シュタルの中はまるで、口づけるかのようにちゅっ、ちゅっと男根に吸いつく。

「ひうっ、んっ、ああっ」

「シュタル……」

名前を呼べば、シュタルの内側がきゅっと応える。

「なあ、シュタル。俺のことも呼んでくれ」

「……っ、兄様」

「違う。名前を――」

「レッドバーン様……っ」

「……ッ！」

呼びかけに呼応するかのように熱塊《ねっかい》がぴくりとうごめき、シュタルの腰が浮いた。

「名前を呼ばれるのは、腰にくるな」

「あぁっ、っふ……」

「シュタル、シュタル……」

レッドバーンはずちゅずちゅと腰を動かし続けつつシュタルに口づけ、その口内を蹂躙《じゅうりん》する。

「なあ、もう一度……」

舌の動きを止め、唇を軽く押しあてたままレッドバーンが囁《ささや》いた。

「レッドバーン様……」

「もっと……もっと呼んでくれ」

そう言いながらも、彼は再び深く口づけてくる。シュタルも言葉を紡《つむ》ごうとするが、呟きはすべて彼の唇に呑みこまれてしまう。

深い口づけを交わす中、彼は二度目の吐精をした。絶頂と同時に、シュタルの舌も小さく震える。

レッドバーンは唇を離さないまま己を引き抜いた。そして、代わりに指を蜜口に差し入れる。

「……っん」

「声を聞くと、またしたくなるから……このまま塞いでおくぞ？」

一度唇を離してそう告げたレッドバーンは、シュタルと舌を絡めあいながら、中に出した精をかき出していった。

「んむっ、んんっ」

重なった唇の隙間から、シュタルのくぐもった声が漏れる。

内側から出てくる液体が透明になったところで、彼はようやく指を引き抜いた。

「終わった。これで、おそらく明日は大丈夫だ」

レッドバーンは微笑む。その優しげな顔に、シュタルの胸の奥がちくりと痛んだ。けれど、疲れ果てたシュタルはそのまま眠りの淵《ふち》に落ちていく。

「ああ、空気がだいぶ淀《よど》んでるな。あとで窓を開けて換気をするか。……お前は寝ていろ」

意識が落ちる直前に、そんな声が聞こえた気がした。


翌朝、いつもと同じ時刻にシュタルは目覚めた。とはいえ今日はレッドバーンの部屋ではなく、自分の部屋だ。情事のあとにわざわざ運んでくれたのだろうが、少し寂しい。

しかし感傷に浸っている暇はない。そう思い朝の準備をしようとしたところ、妙に足が重いことに気付いた。足を動かすとしゃらりと金属音がする。

「え……？」

足首を見てみれば、鎖で繋《つな》がれた鉄の足枷《あしかせ》をはめられていた。

「何これ……」

シュタルは驚いて足枷《あしかせ》を凝視《ぎょうし》する。すると、レッドバーンの部屋に続く扉が開き、すでに着替えを終えていた彼が部屋に入ってきた。

「兄様！　朝起きたら、足枷《あしかせ》がつけられていて……」

「ああ、俺がつけた」

「……え？」

「今日は一日部屋にいろ。お前一人いなくて仕事が回らなくなるほど、人手不足じゃない」

「……！」

状況が呑みこめず、シュタルはぽかんとレッドバーンを見つめる。

「この鎖は、部屋の中なら不自由なく動き回れる長さに調整してある。食べ物はあのテーブルに置いてあるから、腹が減ったらそれを食べろ」

「待ってください。一体どういうことです？　いきなりで、意味が分かりません。説明してください」

「軍議が終わってから説明する」

「どうして……」

罪人のように鎖で繋《つな》がれるなど、初めての経験だった。どうしても部屋にいなければいけない理由があるのならば、それを説明してくれればよいのに、わざわざ足枷《あしかせ》と鎖まで用《もち》いるなんて、とても屈辱的《くつじょくてき》である。

シュタルは不満げな視線をレッドバーンに向けるが、彼は何も説明しようとはしなかった。

「やることが沢山あるから、俺はもう行かなくてはならない。説明できなくて悪い」

「……っん！」

すっと顔を近づけてきたレッドバーンの唇が、シュタルのそれに触れた。軽いキスだけをして、彼は部屋を出ていく。

部屋を出たかと思うと、彼は扉の前で詠唱を始めた。封印の紋が扉に刻まれるのが感じとれる。

「……っ、なんで……」

鎖で繋《つな》がれるのみならず、さらに封印まで施《ほどこ》された。これで、レッドバーンと同等の魔力を持つ者しかこの扉を開けられなくなるのだ。どうして彼がそこまでするのか、シュタルにはまったく理解できない。

少なくとも、昨日の彼は普通だった。シュタルが仕事に行くことに何も言わなかったし、昨夜も特に変わった様子はなかったように思える。

――それが、どうして。

「……っ」

そのとき、シュタルはライムが言っていたことを思い出した。一度体の関係を持った女性が他の男と性交すると、魔導士の魔力が弱まってしまうということを。

今は軍議期間中だ。副筆頭魔導士であるレッドバーンが魔力を失うわけにはいかない。もしかしたら、筆頭魔導士のオズに指示されて、仕方なくこういう行動に出た可能性もある。

しかし、わざわざここまでする必要があるのだろうか？

鎖と結界を用《もち》いなければならないほど自分は信用されていないのかと思うと、シュタルはとても悲しかった。怒りではなく、悲壮感が胸をしめつける。

「兄様、どうして……」

呟いても、その声はどこにも届かなかった。


パンや果物、飲み物がテーブルの上に置かれていたが、手をつける気にはなれなかった。

鎖は長く、部屋の中なら自由に動き回れる。女性の魔導士の個室にはトイレが設置されているので、生理現象で困ることはなかった。

何もやる気が起きなくて、シュタルは寝衣のままベッドに横たわっている。

この六年の間、レッドバーンとはいい関係を築けていたはずだ。シュタルは師匠を信用していたし、それは彼も同じだと思っていた。

だが、彼はシュタルのことを信用していなかったのだ。考えれば考えるほど、足首に繋《つな》がれた鎖がとても重く感じる。

糸の切れた人形みたいにじっと動かないまま過ごしていると、扉が開いた。レッドバーンが戻ってきたのだ。どうやら、昼の休憩時間になったらしい。

「どうした？　調子が悪いか？」

彼は、寝衣姿でぼーっとベッドに横たわっているシュタルを気遣うように声をかけてきた。

「食べていないのか。大丈夫か？」

テーブルの上に置いた食べ物が手つかずになっているのを見て、レッドバーンは眉をひそめる。

「少しでも食べたほうがいいぞ。果物のほうが食べやすいか」

レッドバーンは葡萄《ぶどう》を皿に載せ、ベッドサイドに腰掛けた。

「辛いならここで食べろ。食べさせてやるから、体は起こせるか？」

手を引かれて、シュタルは上半身を起こす。レッドバーンは器用に葡萄《ぶどう》の皮を剥《む》くと、シュタルの口に運んだ。

「んっ……」

病気というわけではないので、一口食べると急にお腹が空《す》いてくる気がした。みずみずしく、甘《あま》酸《ず》っぱい果汁が口の中に広がり、美味《おい》しい。

レッドバーンはシュタルの様子を見ながら葡萄《ぶどう》の皮を剥《む》き、次々と食べさせてくれた。

そんな彼は、やはりとても優しい。けれど、信用されていないのだと思うと、優しくされればされるだけ胸が痛んだ。足枷《あしかせ》の冷たい感触が、心を凍らせていく。

彼の優しさを辛く感じながらも、シュタルは葡萄《ぶどう》を完食した。水分すらとっていなかったので、喉《のど》が潤《うるお》う。

葡萄《ぶどう》の皮を剥《む》いていたレッドバーンの指は果汁で濡《ぬ》れていた。彼は指先をぺろりと舐《な》める。

「ん、この葡萄《ぶどう》うまいな」

「……」

赤くなまめかしい彼の舌を、シュタルは何気なく見つめていた。ふと、先日の解呪のときの彼の姿を思い出してしまう。

その視線に気付いたレッドバーンが、指をシュタルの唇に運んだ。

「舐《な》めたいか？」

「んむっ……」

レッドバーンの指がシュタルの口内に入ってきた。再び、甘い果汁の味が舌先に伝わる。

ちろちろと指の根元まで舐《な》めると、レッドバーンの息がどんどん上がっていった。優しかった眼差しが雄《おす》のものに変わり、シュタルの胸が早鐘を打つ。

「……シュタル」

レッドバーンは指を引き抜き、シュタルをぐっと抱き寄せた。そうしてシュタルに口づけると、彼女の舌先を舐《な》め上げる。

「つん、ふあぁ……」

勢いよくキスされて、シュタルは再びベッドに倒れた。そこへレッドバーンが覆いかぶさってくる。

「ああぁ、んっ、ひぁ……」

寝衣は簡単に脱がされた。下着を身につけていなかったので、瞬《また》く間に裸にされてしまう。

「シュタル……」

レッドバーンの大きな手がシュタルの胸に触れた。先端の突起をつままれて指の腹で擦られると、びくびくと腰が震える。

「なあ、シュタル。ここは、どうされるのが感じる？」

揉《も》むごとに形の変わる胸を見ながら、レッドバーンが問いかけてきた。

「ど、どうって……？」

「こういう風に押されるのと、引っ張られるのは、どちらがより感じるんだ？」

レッドバーンが指先を乳首に押しつけ、柔らかな胸に長い指が沈んだ。さらに先端を指先でつまんで、ひっぱる。

「んうっ、ああ……！」

レッドバーンの指が胸の頂《いただき》を刺激するたび、シュタルは腰をくねらせて甘い声を上げた。

「シュタルのことを気持ちよくしたいから、教えてくれないか？」

押す、引く、さらにこねくりまわす。そうやって指先の動きを変える彼に訊《たず》ねられたものの、シュタルは首を振るしかできない。

「わ、わからな……んあぁ！」

「では、全部やっておけば間違いないか？　どれも気持ちよさそうだったしな」

胸の頂《いただき》を玩具《がんぐ》のようにいじられて、シュタルの体はどんどん熱を帯びていく。お腹の奥からじんじんと何かがこみ上げてきて、無意識のうちに内腿《うちもも》を擦《す》りあわせると、レッドバーンの片手がするりと下腹部に下りていった。

「やあっ！」

足の付け根に届いた指先は、蜜口をつっとなぞる。胸を触られただけなのに、そこはしとどに濡《ぬ》れそぼっていた。

羞恥《しゅうち》に頬を染めたシュタルに、レッドバーンは薄く笑って声をかける。

「ああ……悪いな。昨日ちゃんとかき出したつもりだったが、まだ中に残ってたみたいだ」

勿論《もちろん》、今シュタルの蜜口から溢れているものは、昨日の情交の名残《なごり》ではなく、新しく分泌《ぶんぴつ》されたばかりの愛液だ。それを知っていて、レッドバーンはわざとからかうような口調で言う。

彼の指が蜜口にゆっくりと侵入してきた。

「中、ぐちゃぐちゃだ……」

ぐるりと指を回されると、柔らかくなった内側が嬉しそうにひくつく。

「やっ……中、かき回さないで……っん！」

その部分を刺激されればされるほど、シュタルの理性が薄れていく。男を知ってしまった体は、羞恥《しゅうち》とはうらはらに物欲しげに蜜を滴《したた》らせた。指が動くたび、くちゅりと音がする。

「だめだ、我慢できない」

レッドバーンは乱雑に上着を脱ぎ捨てた。そして前をくつろげると、昂《たか》ぶったものを秘裂にあてがう。

「……っあ！」

シュタルはなんとか逃れようと腰を振ったつもりだった。だがそれは逆効果で、腰が揺れたことにより、自ら彼の昂《たか》ぶりを迎えにいく形となってしまう。

腰を進めるよりも先に、自身の先端がにゅるんと呑みこまれる光景を見たレッドバーンの目の色が変わった。

「シュタル……ッ！」

レッドバーンは一気に奥までぐっと腰を突き挿《い》れる。

「ああっ！」

いきなり深い部分を穿《うが》たれて、シュタルの腰が跳ね上がった。昂揚《こうよう》している様子のレッドバーンは、強く激しく腰を揺さぶる。そのたびに結合部から飛沫《ひまつ》が舞った。

「つう！　あっ、ああっ、んうっ」

「シュタル、シュタル……」

名前を呼ばれると、体が勝手に反応し、きゅっと彼をしめつけてしまう。レッドバーンは自分のことを信用していないというのに、そして、それが悲しいのに、体は喜びを露《あら》わにしている。

ふと、レッドバーンは腰の動きをゆるやかにし、結合部の少し上のあたりに指を伸ばす。

「ひんっ！」

ぷっくりと硬くなった秘芽《ひが》をつままれて、シュタルは目を見開いた。

「やっ、んっ！　そこ、だめ……！」

穿《うが》たれたまま敏感な部分を刺激されると、強い快楽が全身をかけ巡っていく。おかしくなってしまいそうだった。

「だめ？　何がだめなんだ？」

「つう、ひうん、あっ、いや、いやなの……」

「だから、何が嫌だと言うんだ」

激しく喘《あえ》ぐシュタルの体を眺めながら、レッドバーンは恍惚《こうこつ》とした表情で訊《たず》ねた。

強すぎる悦楽《えつらく》に支配され、シュタルの頭の中がぐちゃぐちゃになっていく。

レッドバーンのことが好き。でも彼は自分を好きなわけではない。気持ちよい。信頼されてない。

ぞくぞくする。悲しい。全身が蕩《とろ》けそう。求婚された。彼は自分を好きではないのに、求婚した——

「いやぁ……」

「何が嫌なんだ？」

子供が好きな子に意地悪をするような表情で、レッドバーンが楽しそうに問いかけてくる。

先ほどまで胸の中で渦巻《うずま》いていた失望と、与えられる強烈な愉悦《ゆえつ》が混ざり、意識が朦朧《もうろう》としていたシュタルはぽつりと呟いた。

「……結婚」

「は？」

「結婚、いや……ぁ」

「…………」

ぴたりと、レッドバーンの腰の動きが止まった。あんなに楽しそうだったのに、彼の顔から一切の表情が消える。

「お前、何を言って——」

「だって、だって……」

ぽろぽろと、シュタルの目から涙が溢れ出した。言葉を紡《つむ》ごうと思っても、しゃくり上げてしまって上手に話せない。

「どうして――そういうことを言うんだ？」

レッドバーンの声は、今まで聞いたことがないくらい低いものだった。彼が怒っていると感じたシュタルは、びくりと肩を震わせる。

「だって、好きじゃない……っ」

レッドバーンは、自分のことを好きではない。それに彼はシュタルを、他の男と体を重ねるような女だと思っているのだ。鎖で繋《つな》ぐくらい信用していない女のことを好きなはずはない。

そう伝えたかったけれど、言葉が上手く出てこない。

「……お前は、何を言っているんだ」

ぐんと、シュタルの中で彼のものがさらに大きくなった気がした。

「ひっ！」

びくりと腰が跳ねる。

「お前は俺のことが好きなんだろう。そうでなければ、こんな風にはならないよな？」

シュタルが「好きじゃない」としか言えなかったからだろう、彼は先ほどの言葉を、シュタルがレッドバーンのことを好きではないという意味に受け取ったようだ。

レッドバーンはがつがつとシュタルの体を貪《むさぼ》る。容赦なく奥を穿《うが》たれ、そのたびに蜜が溢れ出した。体を揺さぶられて乳房が大きく弾《はず》み、しゃらしゃらと鎖が鳴る。

「ひぅう、んっ、あっ」

「ここをこんなにして、好きじゃない？　結婚は嫌だ？　……言っていいことと悪いことがあるぞ」

怒りで膨張した彼自身がシュタルの隘路《あいろ》をめちめちと拡《ひろ》げていく。彼の存在を刻みつけるかのように、粘膜《ねんまく》を強く擦られると、柔らかな媚肉《びにく》はそれに吸いつき、絡みつく。

「好きでないと……ッ、こんな風にはならないだろう？　なあ、シュタル？」

「……っう！」

名前を呼ばれると、やはりお腹の奥がきゅんと疼《うず》いて彼をしめつけてしまう。

「ははっ。こんなになってるというのに……。昨日、返事はすでにもらった。お前は俺の嫁になる。……いまさら嫌だとか、冗談でも聞きたくない」

レッドバーンはシュタルの内腿《うちもも》に触れた。そして、ぶつぶつと呪文を詠唱する。

「……兄様……っ」

それは聞き慣れた呪文であり、魔導士がよく使う術だった。触れられた部分が熱くなると同時に、そこにレッドバーンの魔紋が浮かんでくる。

「あ……」

魔紋は自分の所有物につける印であって、間違っても人間につける類《たぐい》のものではない。

いつも優しい彼がこんなことをするなんてと、シュタルは驚きのあまり言葉を失う。

レッドバーンはシュタルの内腿《うちもも》に浮かんだ魔紋を眺め、満足そうに笑った。

「……ッ、は……。この光景も結構腰にくるな」

彼は自分の名を示す魔紋を眺めながら腰を揺さぶる。

「つう、あっ、やっ、やあっ」

「……ここも、触って欲しいよな？」

レッドバーンは秘芽《ひが》に再び指を伸ばす。くりくりと指の腹を押しあてつつ、奥を穿《うが》った。

「ひうぅ、っん、あぁ……！」

「こちらもか？」

「っ！」

さらに乳首までつままれて、シュタルの体がびくびくと大きく震えた。

「やっ、あっ、もう……」

「シュタル……ッ、俺の、嫁……」

「つあああ、そんな、一気にされたら、もう、もう……、……っ、あ、――っ」

シュタルの意識は真っ白な海に沈んでいく。痙攣《けいれん》する膣《ちつ》内に、レッドバーンは容赦なく精を放った。どくどくと、奥深くまで彼の体液で満たされていく。

「シュタル……」

レッドバーンは意識を失ったシュタルの体をぎゅっと抱きしめ、小さな唇にそっと口づける。それは先ほどまでの荒々しい抱きかたとは対照的な、とても優しい口づけだった。

シュタルが目覚めたとき、空は茜色《あかねいろ》に染まっていた。レッドバーンはもういないが、体の中に流れる魔力は安定している。おそらく、シュタルが気を失ったあとに解呪をしてくれたのだろう。

シュタルは気だるい体を起こした。すると、体の内側からつうっと熱い液体が流れていく。

「……っあ」

脱がされたはずの寝衣はきちんと着せられていて、体も清められていたものの、内側には彼の名《な》残《ごり》が残された状態だった。このままでは歩けないと、思いきって自分でかき出すことにする。

「んぅ」

レッドバーンより細く短い指を挿《い》れる。シュタルの指では奥までは届かなかったので、できる範囲で体液をかき出した。白濁《はくだく》が流れ落ちるたび、甘い痺《しび》れに腰が疼《うず》く。

「あっ……、んん……」

男を覚えこまされた体は、未熟で機械的な指の動きでさえも快楽を拾い上げる。指が内側の柔らかな肉を擦ると、かき出しているのに、精を秘肉に擦りつけているような感覚におちいった。今ここにいない彼の存在を強く感じてしまい、胸が苦しくなる。

シュタルの指が生み出す快楽は、レッドバーンが与えてくれるものとは比較にならないほど僅《わず》かだった。すべての精をかき出したあとの体は、もどかしさで微《かす》かに震えている。

ほんの少し前までは清らかな乙女だったというのに、数回抱かれるだけでこんなにも変わってしまうなんてと、シュタルは目を細めた。淫《みだ》らに作り変えられたこの体は、心の中で何を思っていようが、レッドバーンに触れられれば反応してしまう。

ふと、先ほどのレッドバーンの怒った顔が脳裏に浮かぶ。考えてみれば、シュタルが彼に怒られたのはあれが初めてだった。

シュタルは今までレッドバーンの言いつけをよく守っていたし、魔導士の規律を破ることもなかった。魔力は弱いものの、宮廷魔導士としての態度は模範的だ。

それに何かを失敗したときだって、レッドバーンは一度もシュタルを責めなかった。どうして失敗したのか、そして、どうすればよかったのかを教えてくれる。シュタル以外に対しても、レッドバーンは常に飄々《ひょうひょう》として、怒りを露《あら》わにすることはない。

そんな彼が、あんなにも分かりやすく怒りの色を見せた。あの表情と、地を這《は》うような低い声を思い出すだけでも総毛立《そうけだ》つ。

なぜ彼がそこまで怒ったのか、シュタルには理解できなかった。格下であるシュタルが求婚を断ったせいで、男としての矜持《きょうじ》を傷つけてしまったのだろうか？

でも、それを言うならシュタルだって傷ついている。この足に絡みつく鎖と扉に施《ほどこ》された封印は、レッドバーンがシュタルのことを信用していないという、何よりの証《あかし》なのだから。

二週間ほど前、二人で薬草を採りに行った日のことが夢みたいだ。あのときの二人は、彼と体を繋《つな》げた今よりも、心が寄りそっていたように思う。

「…………」

シュタルは本棚の中から、薬草学の本を手に取った。

部屋に閉じこめられたからといって、いつまでもふてくされているわけにはいかない。彼にも考えがあるのかもしれないし、この前言われたとおり、しっかり勉強しなければ。

何より、今はこれ以上レッドバーンのことを考えたくなかった。

薬草学の本は他の魔導書に比べれば随分と綺麗で、あまり手にしていなかったなと反省する。

「………」

覚えるために草の絵を模写しながら読んでいると、全裸の男の絵が描かれた頁《ページ》が出てきた。勤勉な魔導士なら見慣れたはずの全裸の絵で、いつもは何も思わないが、今日はまじまじと見つめてしまう。

陰部も描かれていたが、レッドバーンのものとは違う気がした。勃《た》っているかそうでないかの違いもあるけれど、レッドバーンのものはもっとこう、陰嚢《いんのう》の部分がここまで垂れ下がってはおらずハリがあり、肉棒の太さも――

「………っ」

脳裏にあの猛々《たけだけ》しい男性器が浮かび、シュタルは顔を赤くする。勉強中になんてことを考えているのだと、自分を叱責するものの、そう簡単に頭から消えなかった。彼のことを考えたくないと勉強を始めたのに、結果的にレッドバーンのことで頭がいっぱいだ。しかも、きっかけが全裸の絵だから、情事のことまで思い巡らせる。

最初は痛かったのに、めくるめく官能に今まで知らなかった世界の扉が開かれた。それにたとえ性欲からくるものだとしても、レッドバーンから激情をぶつけられるのは――嬉しいと感じてしまう。

レッドバーンのことが好きだからこそ、悲しいとか嬉しいとか、いろいろな思いが浮かんできた。

そんなことを考えつつ、ぼーっと薬草学の本を眺めていると、扉が開く。

「……！」

封印を施《ほどこ》された扉を無条件で開けることができるのは、レッドバーンしかいなかった。予想より早い戻りにシュタルは驚く。

「兄様……」

「今日は軍議が早めに終わった」

つかつかと部屋に入ってきたレッドバーンは、シュタルの足枷《あしかせ》を外した。それがはめられていた部分は、少しだけ赤くなっている。

「すまない。先ほどは乱暴にしてしまった。どこか、痛むところはないか？」

赤い痕《あと》を撫《な》でながら、レッドバーンは呟いた。気遣うような優しい声色に、シュタルはほっとする。

「それは大丈夫ですけど……あの、兄様……」

「一日中部屋にこもっていると、気分も滅入《めい》るだろう。外に食べに行こう。ほら、着替えろ。俺も着替えてくる」

言われてみれば、今日はずっと寝衣のままだ。気力がなかったとはいえ、着替えくらいはするべきだったかもしれない。

レッドバーンは制服を脱ぎつつ自室へと戻っていく。シュタルもわけが分からないながらも、急いで着替えた。

日が落ちたあとは、大通りにずらりと並んでいた出店の数は少なくなっていた。それでも観光客が多いので、街は賑《にぎ》わっている。

レッドバーンがシュタルを連れてきたのは、城下街でも有名な高級宿だった。さすがに王宮ほどとは言わないまでも、贅《ぜい》を尽くした造りで、シュタル一人だったら恐れ多くて絶対に入れないような店構えだ。

「に、兄様。ここは……」

「さあ、入るぞ」

レッドバーンは臆《おく》することなく宿の内に入っていく。

シュタルは自分の服を見た。急いでいたので適当な服を着てしまったが、ここに来ると分かっていたらもっと別な服を着てきたのにと後悔する。

「この宿の一階のレストランは、宿泊客以外にも営業している。以前、接待で使ったんだ」

レッドバーンは慣れた様子で広い宿の中を進み、レストランに入る。ウェイターは知りあいなのか、レッドバーンの顔を見るなり一番奥の特等席まで通してくれた。こんなお店に入るのは初めてなので、シュタルは緊張する。

席に置いてあったメニューを見ると、自分が日頃使う店とは価格が一桁違っていて、シュタルの額《ひたい》に冷たい汗が滲《にじ》んだ。ただの水でさえ、一食分の値段だ。料理の名前はとても美味《おい》しそうだけれど、その隣に羅列してある金額が目に入り、シュタルは硬直してしまった。

「兄様、あの……」

「お前のも俺が頼むから」

「……！　ありがとうございます」

価格に圧倒されて選ぶことなどできなかったシュタルは安心した。

レッドバーンはウェイターを呼ぶと、温野菜のサラダとムール貝のガーリックバター焼き、子羊の香草焼きを頼む。そして、思い出したように付け加えた。

「あと、適当に消化のいいものを作ってくれるか？　お粥《かゆ》みたいなものを」

最後に飲み物を頼むと、ウェイターは下がる。

「兄様、調子が悪いんですか？」

「お前のだ。お前、どうせ今日は葡萄《ぶどう》しか口にしてないんだろう？　いきなり重いものを食べたら、体に悪い」

「うっ……」

レッドバーンの言うとおり、シュタルは朝から葡萄《ぶどう》しか口にしていない。薬草の勉強をしながら水分はとったものの、食欲がなくて食事らしい食事はしていなかった。

ふと、彼に葡萄《ぶどう》を食べさせてもらったことを思い出して、頬が熱くなる。

シュタルはちらりとレッドバーンを見た。彼の顔には、昼休憩のときのような怒りは滲《にじ》んでいない。

あんなことがあったのに、今の彼の態度はあまりにもいつもと同じで、シュタルは戸惑ってしまった。どうしたらいいのか分からないし、そもそもレッドバーンが何を考えているのか分からない。

レッドバーンは何も話そうとしなかった。シュタルもなんだか気まずくて彼に声をかけられず、二人は無言のままだった。だが、料理が運ばれてくれば自然と言葉が出てくる。

「美味《おい》しい……！」

シュタルがそう呟くと、彼は嬉しそうに微笑んだ。

運ばれてきたお粥《かゆ》は消化によい白身魚が入ったものであり、優しい味付けだった。温野菜のサラダも取り分けてもらい、それも口にする。産地が厳選されているという温野菜は、ほんのり甘くてとても美味《おい》しかった。

「あ……」

そこでシュタルは、レッドバーンは生野菜のほうが好きなことを思い出した。おそらく、シュタルのために胃に負担の少ない温野菜を注文してくれたのだろう。

昼休憩のときは怖かったけれど、やはりレッドバーンは優しい人だ。

外の空気を吸って、しっかりご飯を食べると、気持ちも元気になってくる。

お店を出て、魔導士棟への帰り道、シュタルは思いきってレッドバーンに訊《たず》ねてみた。

「兄様。どうして鎖をつけたり、わざわざ扉に封印をしたりするんですか？　私のこと、信用してくれていないんですか」

「…………」

その質問に、レッドバーンは眉根を寄せるだけで、すぐに答えてはくれなかった。しばらく悩んだあと、重い口を開く。

「今は教えられない。軍議が終わったら必ず教える。ただ、俺がお前に何か思うことがあるから監禁したというわけではない。シュタルのことは信用している」

レッドバーンはそう言いきった。

彼は頭の切れる男だ。もっともらしい言い訳でシュタルを言いくるめることなんて簡単だったろうに、はっきりと「今は教えられない」と答えてくれた。だからこそ、彼は真実を言っていると思えたし、「信用している」という言葉がシュタルの心を僅《わず》かながらも軽くする。

「軍議と関係があるんですか？」

「軍議自体とは関係していないが、無関係とは言えない。……そのあたりも、終わってから話す。約束する」

「……分かりました。じゃあ、私も兄様を信用します」

きちんと説明をされた訳ではないから、腑《ふ》に落ちないところもあるけれど、レッドバーンのことを信じようとシュタルは思った。軍議が終われば、話せなかった理由も含めてきちんと教えてくれるはずだ。

シュタルの表情が和《やわ》らいだのを見て、彼は微笑む。

「今日はたいしたものを食べさせてやれなくて、すまなかったな。また今度、あの店に行こう」

「はい」

頷くと、レッドバーンがシュタルの手を取る。軽く握られているだけだったその手は、歩いているうちに指を絡められた。指の付け根同士が密着して、妙にどきどきしてしまう。

もう体を重ねているというのに、手を繋《つな》ぐだけでこんな気持ちになるなんてと思いつつ、掌《てのひら》に伝わる彼のぬくもりにシュタルは目を細めた。

第四章　姦計《かんけい》

朝、シュタルが目を覚ますと、レッドバーンの顔がすぐ隣にあった。昨日、食事から戻ったあとに入浴を済ませ、レッドバーンの部屋で一緒に眠ったことを思い出す。

彼はシュタルに足枷《あしかせ》をつけなかったし、抱こうともしなかった。呪文で強制的に眠らせることもなく、シュタルが眠るまでずっと優しく頭を撫《な》でてくれたのだ。

「兄様、朝です」

「……ああ、おはよう」

レッドバーンは体を起こす。シュタルも制服に着替え、彼の身支度を手伝った。今日は祝福の儀に一緒に連れて行ってもらえるかもしれないと思ったが、案の定、鎖に繋《つな》がれてしまう。信用すると決めたけれど、やはり足枷《あしかせ》は重く感じた。

「悪いな、シュタル。あと数日……軍議が終わるまで、我慢してくれ」

「……はい」

シュタルが頷くと、レッドバーンは扉に封印を施《ほどこ》して去っていく。やるせないけれど、軍議が終われば説明をしてくれるという彼の言葉を信じ、シュタルは勉強をして待つことにした。

数十分後、王宮から戻ってきたレッドバーンが食事を部屋まで運んでくれたので、二人で一緒に朝食をとる。

そのあと、彼は扉に再び封印をかけて仕事に行ってしまった。シュタルは大人しく、勉強をする。

勉強を再開して一時間ほど経ったころ、トントンと扉がノックされた。

「……！」

出ようかどうか、シュタルは迷う。

もし誰かが仕事を頼むためにシュタルを探しに来たのだとしても、扉の封印と鎖のせいで部屋から出ることはできない。それに、鎖で繋《つな》がれているこの状況に気付かれたら、レッドバーンの立場が悪くなるのではないかと、シュタルは居留守を使うことにした。

しかし、ノックの音はやまない。自分の意思ではないけれど、病気というわけでもないのに仕事をさぼっている罪悪感がのしかかってきて、ぎゅっと胸元を押さえる。

早く行って欲しい、そう思ったときに聞こえてきた声に、シュタルは反射的に答えてしまった。

「シュタル、いるんだろ？」

「ゾディ様！」

相手はホワイタル国の筆頭魔導士だ。さすがに無視するわけにもいかず、扉に近づく。

「どうしたんですか？　今は軍議中では……」

「心配しなくても大丈夫。それより、助けに来るのが遅くなってごめん。今、封印を解くから」

「……！」

扉の向こう側で、ゾディが呪文を唱え始める。

この国の副筆頭魔導士であるレッドバーンが施《ほどこ》した封印を解くのは容易ではない。しかし、ホワイタル国の筆頭魔導士である彼女なら可能であった。

強い魔力にものを言わせて封印ごと扉を破壊するのではなく、術のみを解除していく。そして綺麗に封印だけが剥《は》がれ落ち、シュタルは彼女の魔力に感嘆の声を上げた。

「すごい……」

「開けるよ、シュタル」

扉を開いたゾディは、シュタルの足首の鎖を見て眉をひそめた。

「君の足につけられたものがなんだか、分かるかい？」

腰につけた短剣を抜きながら、ゾディが問いかけてくる。女だからといって侮《あなど》られないよう、また、いつ戦争が始まってもいいように、ホワイタル国の宮廷魔導士たちは剣技を磨いていると聞いたことがあった。

ゾディの短剣は女性にも扱いやすそうな大きさで、よく研がれている刃がきらりと光る。柄《つか》の部分には魔力を高める宝石が埋めこまれていた。

その剣に視線を奪《うば》われつつも、シュタルは答える。

「鎖……です」

それは彼女の望んだ回答ではなかったのか、ゾディは静かに首を振った。

「これは、ただの鎖じゃないよ。君を繋《つな》ぐだけではなく、君に触れた人間を気絶させる効果を持った特殊な鎖だ。かなり攻撃的なものだよ。本来なら、戦争中に捕らえた捕虜《ほりょ》に使う代物なのだけどね。捕虜《ほりょ》をおとりにして、助けに来た敵兵を倒すために」

「……！」

そんな物騒なものをつけられていたと聞かされ、シュタルは言葉を失った。

「切るよ。いいね？」

返事を聞かず、ゾディは短剣に魔力をこめる。そして光を纏《まと》った短剣を振り下ろすと、鎖と足枷《あしかせ》は粉々に砕け散った。

「さて、君に聞きたいことがある。シュタルは法律や宮廷魔導士の規律に反するような、拘束《こうそく》を受けるべきことをしたのかな？　これは君への処罰かい？」

ゾディの鋭い目がシュタルを見据える。嘘をついてもすぐに分かるだろうと、シュタルは素直に答えることにした。

「いいえ……」

「では、これはレッドバーン殿の独断で施《ほどこ》されたというわけだ」

その質問に、シュタルは返事ができなかった。しかしその表情の変化で、ゾディは答えを得たらしい。剣を鞘《さや》にしまう音が妙に響く。

「君に詰問《きつもん》しているわけじゃないよ。緊張しないで」

ゾディは立ち尽くすシュタルの背中を優しく撫《な》でて、ベッドの縁《ふち》に座るように促《うなが》す。シュタルが座ると、彼女も隣に腰を下ろした。二人分の体重を受けてベッドがぎしりときしむ。

「あの紅茶はよく効いたようだね」

「あ……」

そういえば、シュタルとレッドバーンが体を重ねるきっかけとなった紅茶はゾディがくれた物だった。あれがなければ、こんなことにはならなかった気がする。

そもそも、ゾディがあの紅茶の効能を知らなかったとは思えない。シュタルは思いきって聞いてみる。

「ゾディ様。どうしてあの紅茶を私にくれたのですか？」

「君たち二人が結ばれる日が来るのも、そう遠くなさそうだと思ったからね。シュタルはレッドバーン殿のことが好きなんだろう？」

「……っ！　ど、どうしてそれを……」

まさか、年に一度しか顔をあわせないゾディに気持ちがばれていたなんてと、シュタルの顔が赤くなる。

可愛い表情を浮かべたシュタルを見て、軽く微笑んだゾディだが、真剣な声で言葉を続けた。

「そのくらい、見ればすぐに分かるさ。それに君はこの軍議期間中に成人すると言っていたし、シュタルの思いが成就《じょうじゅ》する日がくるのも、そう遠くはないだろうと思った。だが、レッドバーン殿はクソ真面目だから、忙しい軍議期間中に……つまり、私がこの国にいる間にシュタルに手を出すことはないと思っていた。私があの紅茶を渡したのは、結ばれたあとの君たち二人をこの目で見届けるためだよ」

ゾディはそう言って、床に砕け散った鎖の残骸《ざんがい》を眺めた。

「成人したのなら、男と女の魔導士が魔力を高める方法の違いを聞いたんだろう？　そして、男が魔力を失ってしまう理由も」

「はい」

「男の魔導士が初めて女を抱いたあと、その相手を閉じこめて外に出さないのは珍しい話じゃないんだ。むしろ、うちの女性魔導士たちはそういう被害の経験者が多い。かくいう私もその一人でね」

ゾディはブーツの編み紐を解き、すらりと長い足を抜いて靴下を下げた。すると青黒い痣《あざ》が足首をぐるりと走っているのが見える。

美しい肌には似あわない、痛ましい痕《あと》だった。解呪の際にできるのとはまた違ったそれを見て、シュタルは思わず息を呑む。

「……っ！」

「シュタルが繋《つな》がれていたあの鎖は、私が二年間繋《つな》がれていた物と同じだよ。さっきも言ったとおり、本来ならば戦争のときに使うんだが、戦時中じゃなくても男の魔導士にはよく売れるらしい。さすがに二年も繋《つな》がれていたら、こんな痕《あと》ができてしまった。あれからもう何年も経つけど、寒い時期になると、まだ少し痛むんだ」

ゾディは指先で痣《あざ》を撫《な》でたあと、靴下を上げて青黒い痕《あと》を隠した。

「兄さん――私の師匠は、それはすごい魔力を持った男だった。四十を越えても清い身を貫《つらぬ》いていてね、尊敬していたよ。とても真面目で人望も厚く、あの人の周りにはいつも沢山の魔導士が教えを請いに来ていた。随分歳が離れていたけど、私はいつしかあの人を好きになっていたんだ。初恋だったよ。私は父親や兄がいなかったから、年上の異性に対しての憧れが人より強かったのかもしれない」

ブーツの編み紐を器用に結び直しながら、ゾディがぽつぽつと話す。その瞳には憂《うれ》いが滲《にじ》んでいた。

「それが初恋なら、私も処女でね。男の魔導士でも、処女一人を抱くくらいなら魔力にほとんど影響がないことは成人するときに聞いた。だから私は師匠に迫ったよ。付きあって欲しい、と。最初は相手にされなかったけど、結局は男だからね。……そして、私はあの人と結ばれたんだ。そのときは幸せだったよ」

ゾディの目が辛そうに細められる。先の展開は予想できたけれど、シュタルは黙って続きを聞いた。

「でもね、次の日の朝起きたら、私は地下牢に繋《つな》がれていた。一瞬、何が起きたのか分からなかったよ。それから毎晩のように、私はあの人に抱かれた。何度も愛していると言ってくれたけど、あの人は私のことを信用していなかったんだ。だからこそ他の男と接触できないように、地下室に閉じこめた。軍事用の鎖まで使ってね」

「……」

「男は権力と、自らの魔力に固執《こしつ》する。あの人はそこそこ高位の魔導士だったから、その座を追われることが嫌だったんだろう。私は付きあうどころか、あの人の性欲処理の相手に成り下がった。

空も見えない地下牢で、二年も過ごしたよ。子供ができなかったのがせめてもの救いかもしれない。あとで調べて分かったことなんだけど、私は生まれつき子供ができにくい体質だったんだ」

ゾディは下腹を軽く撫《な》でた。

「結局、二年も姿を見せなかったことを私の母親が疑問に思ってね。警邏兵《けいらへい》に捜索《そうさく》を依頼して、すぐに見つけてくれた。二年ぶりに見た太陽はとても眩《まぶ》しくて、涙が出たよ」

シュタルの部屋には窓から光が差しこんでいる。閉じこめられたとしても、日の光が見えるのと見えないのとでは全然違うはずだ。

彼女は、二年という決して短くはない期間、どれほど辛い思いをしたのだろうか？　それを考えると、シュタルの胸も痛む。閉じこめられるのは、一日でさえ耐えがたいのだ。

「その事件を知った誰もが、あの人はそんなことをする人には見えないと言うんだ。私もあの人のことを真面目な人格者だと思っていた。……でもね、情欲は男をおかしくさせる。四十を越えて初めて知った情交の快楽、女への独占欲、そして魔力と権力を失う恐怖があの人を狂気にかり立てたんだ。――情交は魔導士を壊す。男も、女も」

ゾディの言葉には重みがあった。そう、彼女は尊敬する師匠が情交に惑乱するのを、その身をもって思い知ったのだ。

「でもね、さっきも言ったけれど、これは珍しい話なんかじゃない。似たような目に遭《あ》っている女は、私以外にも沢山いる。……そして君も、おそらくその一人だ」

「……っ」

「私は年に一度しかここに来ない。それだけの交流でも、レッドバーン殿は人格者とお見受けした。しかし、どんなに素晴らしい人間でも、情交に惑う可能性がある。だから、私たちがここに滞在する間に君たちが結ばれる様子を見たかったんだ。……シュタル、君がレッドバーン殿に監禁されないかどうか、確かめたかった」

それを聞いて、シュタルははっとする。あの紅茶にそんな意味がこめられていたなんて、まったく気付かなかった。あの紅茶は、シュタルの未来を救うための物だったのだ。

「この軍議には、ホワイタルの魔導士が沢山来ているだろう？　軍議に参加するのは上層部だけだし、本来ならそんなに人はいらない。君たちブルークの魔導士たちは、男の魔導士と交わって魔力を高めるためにぞろぞろやって来たと思ってるだろう？　勿論《もちろん》、それも目的のひとつだよ。でも、本当の理由はそうじゃない。君のように不当に監禁を受けている女性魔導士を救うためなんだ」

「……！」

「この軍議の期間中、私の部下たちは街を散策するふりをして、怪しい結界の気配を探っている。実を言うとね、今回はすでに二人を助けている。宮廷魔導士という身分がある子が監禁されるのは稀《まれ》だけど、市井《しせい》の女性魔導士だと、いなくなってもすぐには分からないからね。被害に遭《あ》いやすいんだ」

「そうだったんですか……」

「軍議の期間中に見つけられれば、助けた女性をホワイタルに一緒に連れて行ける。だから市井《しせい》の女性魔導士を助けつつ、恋をしている女性宮廷魔導士には男を誘うように助言をする。まあ、シュタルは成人前だから絶対に変なことを教えるなと、レッドバーン殿から毎年釘をさされていたので、今まで君には何も言わなかったけどね。その約束はきちんと守ったよ」

レッドバーンはブルーク国の宮廷魔導士だけではなく、ホワイタル国の人にまでそんなことを言っていたのかと、シュタルは驚いた。そして、ゾディも律儀に成人するまで待ってくれたとは。

「今回に関して言えば、ライムを知ってるかい？　彼女に男の誘いかたを教えたのは私の部下だ」

――まさか、ライムの行動すら彼女たちの意図したものだったなんて。

軍議の裏に隠れていた真実に、シュタルは驚愕《きょうがく》するしかなかった。

「ライムのところは大丈夫そうだと部下から報告を受けた。そしてシュタル。レッドバーン殿は薬でも盛らないと君に手を出さないと思っていたから、強引な手を使ったことについては、君に悪いことをしたと思っている。すまなかったね。……でも、君は監禁された。この件は昨日には報告を受けていたけど、仕事があってすぐには助けに行けなくてね。今日は都合をつけて、なんとか来られた。あのレッドバーン殿の結界だから部下ではどうにもできず、私が直接来るしかなかったんだ」

「ゾディ様……」

筆頭魔導士である彼女が都合をつけてこの場所に来ることがいかに大変か、シュタルは分かっている。それでも見捨てずに来てくれたことに、胸が熱くなった。

「シュタル、この件についてレッドバーン殿は君に何か言ってたかい？」

「……いいえ、教えてくれませんでした。軍議が終わったらすべて話すって」

「それはそうだろうね。軍議が終わったら師匠と弟子としてずっと一緒にいられるのだから、わざわざ拘束《こうそく》する必要はなくなるだろうし、レッドバーン殿が宮廷魔導士を拘束《こうそく》し続ける危険を冒《おか》すとも思えない。でもね、軍議が終わったら解放されたとしても、物理的に監禁されなくなっただけの話だ。そして来年もまた、軍議の時期になったら彼は君を鎖に繋《つな》ぐだろう。……君は、監禁するような男とそい遂《と》げることができるかい？　彼と信頼関係を築けると言える？」

「……っ」

シュタルは言葉を詰まらせる。

確かに監禁されたときは傷ついた。それでも、六年間傍《そば》にいたレッドバーンの人となりを知っていたからこそ、彼を信じると決めた。

――しかし。

信頼していた人間に裏切られたゾディの言葉は、シュタルに重くのしかかる。情交がいかに人をおかしくしてしまうのか、彼女は痛いほど思い知ったからこそ、こうしてシュタルを気にかけてくれるのだ。

ゾディの足についた痣《あざ》は一生消えない。彼女は毎日入浴するたびに、師匠のことを思い出すのだろう。

「君さえ望めば、一緒にホワイタル国に連れて行く。うちにくれば、いくらレッドバーン殿でも手を出せないよ」

「……っ、あの……」

「今すぐ帰るわけじゃないから、返事はすぐじゃなくていい。監禁するほど愛されていることが嬉しいっていう思考の女性もいるからね。愛の形は人それぞれで、私はそれを否定しない。本人たちが幸せならいいと思う。……でもね、シュタル。君の心に少しでも陰りがあるのなら、……今なら、君を助けられるんだ。君を自由にしてあげられる」

そう言って、ゾディは立ち上がった。

「私がここに来たことはレッドバーン殿への牽制《けんせい》になると思うけど、悪化してもっと別の場所に君が隠されてしまう可能性だってある。でも、この軍議期間中なら何度でも助けてあげられるよ。何も心配しないで」

にこりとゾディは微笑む。女であるシュタルも思わず見惚《みと》れてしまうくらい、彼女は美しかった。

「では、私は行くよ。一人で落ち着いて、どうするのが一番いいかをゆっくり考えるんだ。うちの魔導士たちは常に寮《りょう》に数名は残しているし、部屋に来てくれれば君をかくまえるから。じゃあね、シュタル」

「……！　あの、ゾディ様。ありがとうございます」

シュタルは立ち上がり、深々と頭を下げる。微笑みを残して、ゾディは颯爽《さっそう》と部屋を出ていった。

「…………」

鎖が外されて、急に体が軽くなった気がする。シュタルは再びベッドに腰掛けて、レッドバーンのことを考えた。

ゾディの話を聞く限り、人格者でも情交でおかしくなるらしい。彼女だってその被害者だ。レッドバーンが保身のためにシュタルを監禁したというのも絶対にないとは言い切れない。

この監禁には何か特別な理由があるのだとシュタルは思っていた。でも、いくら考えてみても、軍議の間だけ閉じこめるような理由なんて思い浮かばない。ゾディの言うとおり、軍議中は自分が傍《そば》にいられないから監禁したと考えるのが妥当だ。

——けれど。

それとは別の、シュタルには言えない理由があるのだと思えてならない。六年間、ずっとレッドバーンの傍《そば》で彼を見てきた。鎖で繋《つな》がれたときは傷ついたけれど、今はレッドバーンのことを信じたい。

軍議が終わればゾディたちは帰ってしまうから、これからどうするのか、シュタルは軍議中に決断を下さなければならない。

ふと、シュタルは己の掌《てのひら》を見つめた。昨日の夜にレッドバーンと手を繋《つな》いで歩いたときのことを思い出す。

ゾディの説得を受けてもなお、レッドバーンから離れたくはなかった。

——情交は魔導士を壊す。男も、女も。

そうゾディは言っていた。もしレッドバーンがおかしくなっているのだとしたら、シュタルとてそうなのだ。恋に惑ってしまった。

シュタルは服の裾をめくり上げ、内腿《うちもも》の魔紋を見た。そして、内腿《うちもも》に刻まれた彼の所有印をそっと指先でなぞる。

どうして特殊な鎖や封印まで用《もち》いて自分を閉じこめるのか、疑念は晴れない。それでも彼への恋心はなくならず、シュタルの胸を焦《こ》がしていた。

ゾディが帰ってしばらくあと、シュタルは薬草学の本を眺めながら、これからのことを考えていた。

昼の休憩のときにレッドバーンがここに来たら、封印が解けていることも、鎖が壊されていることもすぐに気付くだろうし、ゾディのことを話さざるを得ない。

それはシュタルを救うためにしてくれたことだ。レッドバーンがゾディに怒ることはないと思うし、彼女の性格からいって、レッドバーンが何か言ってきても軽くあしらうだろう。

「兄様……」

シュタルはぽつりと呟く。

もやもやする部分もあるけれど、シュタルはやはりここから逃げられない。レッドバーンの傍《そば》を離れがたいのだ。閉じこめられることより、彼と離れることのほうが辛い。

そんなことをぼんやり考えていたところ、扉がノックされた。

「シュタル、いる？」

「はい」

扉を開けると、コンドラトがいた。

「部屋にいるってことは、体調が悪いのか？」

「……っ、うん、ちょっと気分が悪くなっちゃって休んでたの。みんな忙しいのに、ごめんなさい」

嘘をついていることが気まずくて、シュタルは視線を逸らしながら言った。

「そうだったのか……。実は、レッドバーン様に関わることで大変な話を聞いてさ。でもレッドバーン様は軍議中だし、まずはシュタルに伝えようと思って」

「兄様のこと？　一体、何があったの」

シュタルは顔色を変えてコンドラトへ詰め寄る。

「レッドバーン様のことをよく思っていない奴らが、軍議で忙しいうちに、あの倉庫の本を燃やす嫌がらせをたくらんでるって耳にして――」

「……！　一体、誰がそんなことを！」

一瞬、カーロの姿が脳裏に浮かんだが、彼だって本が好きだったはずだ。そんな彼が本を燃やすとは思えないし、レッドバーンは若くして副筆頭魔導士の地位に就《つ》いているから、そのことを内心よく思っていない人は他にも少なからずいるだろう。

真剣な顔をするシュタルに、コンドラトが続けて言う。

「オレも噂《うわさ》を聞いただけだから、誰かまでは分からないんだ。なあ、シュタル。万が一にも火事になったらまずいけど、宮廷魔導士の醜聞《しゅうぶん》になるから大事《おおごと》にはしたくない。倉庫まで一緒に様子を見に行かないか？」

「分かった、行く」

シュタルは即決した。

レッドバーンが大切にしている本を守りたかったし、もし火事に発展すれば、それは副筆頭魔導士であるレッドバーンの責任問題にも発展する。

レッドバーンはシュタルに部屋を出るなとは言わなかった。あの鎖を使っている上に扉の封印をしているから、絶対にシュタルが外に出られないと思っていたためだろうけれど、とりあえず約束を破るわけではない。

それに、そこそこ魔力の強いコンドラトも一緒にいるし、大丈夫なはずだ。

シュタルは机の引き出しから倉庫の鍵を取り出す。

「行こう、コンドラト」

「ああ」

そして二人は魔導士棟を出て、街の倉庫へと向かった。

◆　◆　◆　◆　◆

「それでは一度、休憩にします。再開は十分後です」

軍議の議長がそう発した直後、ぴりぴりしていた空気がゆるむ。すると、遅れて軍議にやって来たゾディがレッドバーンのもとへ来て、話しかけてきた。

「喫煙できる場所まで案内してくれないか？」

勿論《もちろん》、何年もこの軍議に参加していて、愛煙家である彼女は喫煙所の場所を把握している。自分に話があるのだとすぐに理解したレッドバーンは、口元をゆるめた。しかしその目は笑っていない。

「ああ、分かった」

そして二人は喫煙所へと向かう。ゾディは着くなりキセルに火をつけて煙草《たばこ》を吸いながら、レッドバーンに冷たい眼差しを向けた。

「君には失望したよ」

たった一言で、レッドバーンはゾディが何を言おうとしているのか察したようだ。

「ああ……そういえば、ゾディ殿は軍議に遅れて来ていたな。あの紅茶もゾディ殿から贈られたというし、シュタルと扉越しに話したのか？」

ゾディが扉の封印を見たことに気付いても、レッドバーンは顔色を変えなかった。シュタルを監禁していることに後ろめたさはないらしい。

そんな飄々《ひょうひょう》とした彼の態度に、ゾディは苛《いら》ついた様子を見せる。

「あれは何だ。君のことはよくできた人間だと思っていたが、自分の好いた女を信用できないのか？　情交に惑わされたか？」

「まさか。あいつは俺にべた惚れだ。いくら魔力を強くしたいからといって、俺以外に抱かれようなんて考えないだろうし、そうなったらなったで、シュタルを繋《つな》ぎ止める努力が足りなかっただけだ。そもそも男の魔導士は貞操を守り通さなかった時点で、魔力を失う可能性を背負う。きっかけはお前のよこしたあの紅茶だったが、シュタルを抱いたのは覚悟の上でのことだ。最終的にどうなろうが、俺は納得している」

そう語ったレッドバーンの赤い瞳に嘘の色は見えず、ゾディはいぶかしげに訊《たず》ねた。

「では、なぜシュタルにあんなことをした？　その理由だって、あの子に説明していないんだろ？」

「ゾディ殿は説明しないと納得しなさそうだな。分かった、話そう。紙巻き煙草《たばこ》はあるか？」

「ああ、持っているが……意外だな。レッドバーン殿も吸うのか」

「特別好きなわけでもないし、シュタルは苦手みたいだから、あいつの前では絶対に吸わない。だが、いい葉のものだけは、嫌なことがあったときに無性に吸いたくなる」

「そうか……分かった。うちの国の煙草《たばこ》は別格だぞ」

ゾディは愛用のキセル以外にも、紙巻き煙草《たばこ》を携帯している。彼女は取り出した紙巻き煙草《たばこ》にキセルから火を移し、レッドバーンに差し出した。

レッドバーンは指の間に煙草《たばこ》を挟むと、それを吸う。ふかしているわけではなく、きちんと肺まで煙を吸いこんでいるその様《さま》は、慣れている様子だった。

「俺がシュタルを抱いたことは、魔力量の変化から周りにはすぐに気付かれた。それについては、どうせあいつを嫁にもらうのだから、別に構わない。だが、若くして副筆頭魔導士の座に就《つ》いている俺をよく思わない連中は、少なからずいる」

紫煙《しえん》をくゆらせながら、レッドバーンが語る。

「一昨日《おととい》の夜、空気の入れ換えのために窓を開けたら、魔導士棟の外で酔って騒いでいた魔導士がいてな。夜も遅い時間だったから注意しようと思ったんだが、シュタルの名前が聞こえた気がして、少しばかり盗み聞きすることにした」

なぜわざわざ夜に空気を入れ換えるのか――それは空気が淀《よど》む行為をしたからである。しかしレッドバーンはそこまで説明しないし、ゾディだって野暮《やぼ》なことは聞かず、大人しく話を聞く。

「そいつらは、俺の魔力を弱めるために、シュタルを襲う計画を企《くわだ》てていた」

ため息交じりにレッドバーンが呟いた。それを聞いて、ゾディが目を見開く。

「そんな馬鹿な。あの子に手を出したら、そいつらだって魔力を失うだろ？　女性魔導士の強姦は、この国の宮廷魔導士規則でもかなりの重罪のはずだ。なにより、犯されることで強い魔力を手に入れた彼女に復讐をされかねない。処女の女性魔導士に手を出して監禁するならよくある話だが、処女ではない女性を集団で襲うなんて聞いたことがないぞ」

「せっかく宮廷魔導士になれたのに、その座を捨てるなど俺だって信じられないが、この耳でしっかりと聞いた。だが、酔っ払いの戯《ざ》れ言《ごと》かもしれないし、物的証拠があるわけではないから、何かが起きる前にそいつらを処罰することはできない。だから俺はオズ様に報告し、許可を得てあの鎖を軍用の備蓄品《びちくひん》から頂いて、使うことにした」

「そうだったのか……だから、わざわざ扉に封印まで施《ほどこ》したのか」

ゾディの問いかけに、レッドバーンは頷く。

「そうだ。扉を封印してあの鎖までつけておけば、襲われる心配はないだろう。そして軍議が終わり次第、その計画を立てていた奴らを国境警備に配属する予定だった。……だが、シュタルには話せない。犯されるかもしれないと……同じ建物の中に自分を犯そうと考えている男がいると思いながら一日を過ごすなんて、地獄だろ？　だから、すべて終わってからあいつがショックを受けないように濁《にご》して説明するつもりだ」

――シュタルを閉じこめて鎖に繋《つな》いだのも、すべては彼女を守るためだった。

そこにレッドバーンの私欲はない。あの鎖だって、シュタルの自由を奪《うば》う目的ではなく、万が一封印が破られたときに、彼女に触れた者を攻撃するためだったのだ。

「事実を知って怯《おび》えながら過ごすよりも、俺を恨んだほうがましだと考えている。俺は男だから想像しかできないが、女にしてみたら、襲われるかもという恐怖は凄《すさ》まじいものだろう。俺は戦争で、恐怖で心を壊す奴らを沢山見てきた。おかしくなるまではいかないと思うが、それでも、シュタルに怯《おび》えてすごして欲しくはなかったんだ」

話し終わるころには煙草《たばこ》はすっかり短くなっていて、レッドバーンは火を消す。ゾディはレッドバーンの話は嘘ではないと判断したのか、真顔で口を開いた。

「すまない、レッドバーン殿。私は君を誤解していたようだ。実は先ほど、シュタルの封印を解いて鎖を破壊した」

「……なんだと？」

それを聞いて、レッドバーンはすぐに魔導士寮へと向かう。シュタルの部屋に着いた彼が見たものは、主《あるじ》がおらずもぬけの空になった部屋だった。

◆◆◆◆◆

コンドラトとシュタルの二人は、急いで倉庫群にかけつけた。

シュタルはレッドバーンの倉庫の前に立つと、鍵がかかっているかどうかを確かめる。しっかりと施錠《せじょう》されているし、扉やドアノブに変な跡はついておらず、誰かが侵入した形跡は見あたらなかった。

「ねえ、コンドラト。本を燃やすって、まさか倉庫ごと燃やすわけじゃないよね？　そこまでやったら大事になるし……」

私物の本を燃やすくらいなら、宮廷魔導士の中での処罰で済む可能性があるが、倉庫の放火ともなればそれでは済まない。おそらく死罪になるだろう。いくらレッドバーンを恨んでいるからといって、放火なんて馬鹿な真似《まね》は考えていないと思いたい。

「多分、本だけ抜き出して燃やすつもりじゃないかな。でも、あのレッドバーン様の本だろう？　古《いにしえ》の魔導書がありそうだし、そういう本に火をつけたら予想外の反応をするかもしれない。そしたら、火が燃え広がる可能性もあるよな。そんなことになったら大変だ」

「じゃあ、中に入って盗まれてる本がないか一応見てくる」

念のためにと、シュタルは鍵を外し、扉を開ける。

「そうだな、オレじゃどの本が抜けてるとかは分からないし、中を調べるのはシュタルに任せる。オレは怪しい奴がいないか、この周囲を探すことにするよ」

「分かった、お願いするね」

そう言うと、シュタルは一人で倉庫の中に入っていった。明かり取り用の天窓がつけられているから、中は暗くはない。

本好きなレッドバーンは掃除屋を雇い、週に三回はこの倉庫を掃除させていた。その際に空気も入れ換えるので、倉庫といえども独特のむわっとした雰囲気はなく、綺麗で過ごしやすい。

シュタルは端から順番に本を確認していく。

この倉庫の中にどのような本があるのか、レッドバーンなら分かるだろうが、シュタルはすべてを把握しているわけではない。

しかし、書架《しょか》にはぎっしり本が詰められているので、どこかから本が抜かれたなら分かるだろうし、最近本を運んだばかりのため、どの書架《しょか》まで本が埋まっているかも覚えている。

シュタルがひとつずつ書架《しょか》を調べていると、倉庫の扉が開いた。

コンドラトかと思って口を開きかけたが、複数の足音が聞こえてきたので声をかけるのをやめる。動きを止め、息をひそめた。

コンドラトがいるからと、内側から鍵をかけなかったことを後悔した。もしかしたら、今入ってきた何者かが本を燃やそうとしていた人物なのかもしれない。

ひとまず、シュタルは気配を殺したまま様子をうかがうことにする。本棚の隙間から顔を覗かせて、入ってきた人物を確認した。男が四人で、皆シュタルより少し年上の宮廷魔導士だ。

「シュタル、いるんだろう？」

「俺たちとイイコトしようぜ」

彼らはきょろきょろと周囲を見回しながら、そう呼びかけてきた。その内容から、彼らの目的が本ではなくシュタルにあることを瞬時に悟る。

シュタルは頭の中が真っ白になってしまった。

彼らはこんな密室で、シュタルと何をするつもりなのだろうか？　よくわからないが、嫌な予感がする。そもそも、どうしてシュタルがここにいることを知っているのだろう？　もしかしたら、尾行されていたのかもしれない。

とりあえず、ここから逃げなければならない。だが、部屋に入ってきた四人の内の一人が、唯一の出入り口である扉の前に立っている。

残り三人は、手分けしてシュタルを探すことにした様子だ。このままでは見つかってしまうし、逃げられないならば戦うしかないと覚悟を決める。

四対一の不利な状況で、彼らの魔力はシュタルより上だ。そもそも、魔力以前に力の差でも敵《かな》わない。

だが、この倉庫ならばシュタルにも勝機がある。

シュタルは書架《しょか》に手をあてると、魔力を送りこんだ。すると、離れた場所の書架《しょか》がガタリと音を立てて動く。

「物音がしたぞ！」

「あっちだ！」

その音をシュタルが立てた音だと思いこんだ男たちは、三人とも同じ場所へ向かう。レッドバーンが書架《しょか》にかけた魔術が役に立ったようだ。

三人の気配が一カ所に集まるのを確認してから、シュタルは再び書架《しょか》に手をあてた。

もしシュタルの予想が正しければ、この書架《しょか》を通じて離れた場所へ魔術を使うことが可能なはずだ。

それに、この書架《しょか》を利用すれば、シュタルの魔力を強めることができるに違いない。シュタルには自力で書架《しょか》を動かすほどの魔力がないけれど、この書架《しょか》にこめられたレッドバーンの魔力がそれを補ってくれているのだ。書架《しょか》を動かすこと以外にも、レッドバーンの魔力を利用できるだろう。

シュタルは昼休憩のときによくレッドバーンにかけられる、眠りの呪文を唱えた。通常時は一度も成功したことがない呪文だ。

書架《しょか》に触れている掌《てのひら》が熱くなる。それと同時に、体からどっと魔力が放出された。

次の瞬間、出入り口付近にある本棚と、三人が集まった場所にある本棚が強い光を放ち、どさどさと人が倒れる音がする。

「や、った……？」

眠りの術はレッドバーンならなんてことない魔術だが、本来はとても難しい術であり、書架《しょか》に宿るレッドバーンの魔力を利用したといっても、シュタルには負担が大きすぎる。

くらくらと目眩《めまい》がして、シュタルは床に膝をついた。そのとき、倉庫の扉が開かれる。

「シュタル、大丈夫かっ？　……って、うおっ！　なんでコイツ、こんな場所で倒れてるんだ？」

それはコンドラトの声だった。彼は扉の前で眠ってしまった男に驚いており、その声色に思わず笑ってしまう。

「ん？　シュタル、そっちにいるのか？」

コンドラトがシュタルのいるほうに小走りでやってきた。シュタルは座りこんだまま、彼を見上げる。

「どうなっているんだ？」

「実は……」

シュタルは四人の魔導士が倉庫に入ってきたことと、危険を感じて彼らを眠らせたことを端的に説明した。シュタルにそんな真似《まね》ができるとは思っていなかったようで、コンドラトは驚いている。

「書架《しょか》に宿る兄様の魔力を借りたんだけど、沢山魔力を使っちゃったから、ちょっと動けないの。少し休めば大丈夫だと思うんだけど」

意識はしっかりしているが、大きな魔術を使った影響で、体を上手く動かすことができない。

そんなシュタルを見て、コンドラトは目を細めた。

「そうか……。まさかお前があいつらをなんとかできるなんて、予想もしていなかったよ」

「……え？」

コンドラトの台詞《セリフ》に、シュタルの背中を冷たいものが走り抜けていく。その言いかたはまるで、ここに彼らがやって来ることを知っていたかのように聞こえる。

「コンドラト……？」

「あいつらがお前を襲おうとしたところを、格好よく助ける予定だったんだけどな。お前、助けてくれる男が好きなんだろ？」

「…………」

――まずい。

シュタルは今すぐコンドラトの前から逃げたくなったが、四肢《しし》は鉛《なまり》のように重く、体を動かすことができない。

「レッドバーン様に、その地位を退《しりぞ》いてもらいたい人がいるんだ。お前を犯せばレッドバーン様の魔力は弱まり、副筆頭魔導士の座を辞すことになるだろうっていうのが、その人の計画さ」

「そんな、酷い……！」

レッドバーンに対しても、シュタルに対しても酷い計画だ。シュタルは嫌悪に眉をひそめる。

「オレもその計画に誘われて、のったふりをしたけど、お前をほかの男に触らせるつもりはなかったよ。直前でお前を助けて、レッドバーン様の恋人でいることに身の危険を感じたお前と一緒に宮廷魔導士を辞めて、市井《しせい》で暮らすのもいいかと思った。魔導士という職にしがみつかなくても、オレは商人として働いていけるしな」

そう言うと、コンドラトは動けないシュタルの上に覆いかぶさってきた。硬い床に背中が擦れて、シュタルは小さく呻《うめ》く。

「でもまあ、お前を助ける計画は駄目になったから……もう、実力行使しかないな。真面目なお前のことだ。自分のせいでレッドバーン様の魔力が弱まったら、もう顔向けできないだろう？　大丈夫だ、オレが嫁にもらってやる」

レッドバーンに劣情が浮かんだ眼差しを向けられたときは全然嫌だと思わなかったし、むしろどきどきした。

しかし、同じような眼差しをコンドラトに向けられると、吐き気がする。シュタルの体に冷や汗が流れる。

「ま、待って。冷静になって、コンドラト。自分が何をしようとしてるか、理解してる？ たとえ私があなたに犯されたとして、黙っていると思うの？ 市井《しせい》に行ってやりなおすどころか、裁かれることになるわよ」

「そんなことは理解してるさ。ついでに、レッドバーン様の魔力も弱まるってこともな。もしレッドバーン様の魔力を弱めることができればなんとかしてくれるって、あの人が言ってた。あの人の後ろには、高位の文官様がいらっしゃる」

「まさか……」

高位の文官と深い繋《つな》がりがある宮廷魔導士は限られている。カーロの嫌らしい微笑みがシュタルの脳裏に浮かんだ。

「その相手が誰だか分かったみたいだな。そうだよ、正解だ」

名前を聞かなくても、コンドラトは頷いた。そして、シュタルの制服のスカートをまくり上げようとする。

「やっ、待って！ おねがい、やめて！」

「嫌だよ、やめない。お前がレッドバーン様に抱かれたと気付いたとき、どれほどオレが……！」

コンドラトはぎちっと唇を噛《か》みしめる。今の彼に自分の声は届かないのだと、シュタルは絶望した。

体が動かず、シュタルには抵抗する術《すべ》はない。動くのは首から上だけだから、この状況を逃れるためには舌を噛《か》みきるくらいしかできない。

だが、そんな選択肢はシュタルにはなかった。

高潔な女性なら、汚されるよりも死を選ぶのかもしれない。しかしシュタルは六年前、自分の両親も含めて沢山の死を見てきた。みんな、生きたくても生きられなかった人たちだ。

あの戦争でせっかく生き残ることができたのに、犯されたくないというだけで命を捨てる真似《まね》は、シュタルにはできない。たとえ汚されたとしても、この世に貢献することが生き残った自分の使命だと思っている。

もしレッドバーンが目の前で殺されそうになったら、この身を挺《てい》してかばうことも厭《いと》わない。先日の古物《こぶつ》鑑定のときのように、誰かの命を救うためなら、命を投げ捨てる覚悟はある。

でも、今直面している状況は違う。レッドバーンの魔力が弱まったとしても、彼が死ぬことはないのだ。あの戦争で死んでいった沢山の人のことを思えば、やはりこの状況で自分の命はかけられない。

――ならば、今のシュタルに残された道は。

「……っ！」

コンドラトの顔など見たくなかったけれど、目を瞑《つぶ》ったら負けな気がして、シュタルは彼を睨《にら》みつける。

こうなったら好きに触らせて、いざというときに口づけをねだろうと考えた。

こういったときに交わす口づけがどのようなものか、レッドバーンに教えてもらった。唇を重ねるだけでなく、舌を絡めあうものなのだ。

だから、コンドラトの舌がシュタルの口内に侵入してきたら、思いきり噛《か》んでやろう。それこそ、噛《か》み千切るような勢いでやってやるつもりだった。大怪我をすれば、痛みで性交どころではなくなるはずだ。

コンドラトは今度こそシュタルの制服のスカートをまくり上げる。ひやりとした空気を肌に感じて、シュタルは眉間に皺《しわ》を寄せた。

太股が露《あら》わになったところで、彼の手の動きがぴたりと止まる。どうしたのかと、シュタルは彼の様子をうかがった。

「なんだこれ、レッドバーン様の魔紋……？　……いや、魔紋なんて、人間につけることが可能なのか？」

コンドラトは激しく動揺している様子だ。

もう少しスカートをめくれば下着が見えるだろうに、彼は太股の魔紋をしげしげと見つめている。こういう状況ながら、魔導士の知的欲求心がこみ上げてきてしまったのかもしれない。確かに、人体に刻まれた魔紋なんて、珍しいにも程がある。

コンドラトが太股の魔紋に目を奪《うば》われているときだった。バンと大きな音を立てて、倉庫の扉が開かれる。

「シュタル！」

レッドバーンの声だった。たった一言、自分の名前を呼ばれただけなのに、ぶわっと涙がこみ上げてくる。コンドラトの舌を噛《か》み切ってやろうと考えていたけれど、本当はずっと怖かったのだ。

出入り口付近に倒れていた男を容赦なく踏みつけて、レッドバーンはシュタルに駆け寄ってくる。そして、シュタルに覆いかぶさっているコンドラトと、太股を露《あら》わにしたシュタルを見た瞬間、彼の形相が変わった。

綺麗に切り揃えられた漆黒の髪がざわりと浮き上がり、倉庫の中に重苦しいほどの魔力が立ちこめる。深紅《しんく》の瞳に睨《にら》まれたコンドラトは動けなくなり、シュタルもまた、部屋に充満する魔力で息苦しくなった。

怒りを露《あら》わにしたレッドバーンの体から、凄《すさ》まじいほどの魔力が溢れ出している。その魔力に共鳴するかのように、書架《しょか》が激しく揺れた。シュタルが昨日彼を怒らせたときとは、比べものにならない圧である。今の彼なら、睨《にら》んだだけで相手を殺せそうだ。

レッドバーンは何も言葉を発さず、つかつかと歩み寄ってくる。そして、シュタルとは別の理由で動けないでいるコンドラトの胸ぐらを掴むと、拳《こぶし》で頬を殴りつけた。

「……っ！」

鍛《きた》えているレッドバーンに思いきり殴られ、決して細くはないコンドラトの体が吹き飛ぶ。彼が床に沈んだところで、レッドバーンはシュタルの服の裾を直して内腿《うちもも》をしまった。床に背をつけたままのシュタルの手を取り、優しく抱き起こす。

「怖かったな。もう大丈夫だ」

それは先ほどの形相が嘘のような、優しい声だった。

「兄様……っ」

シュタルは大粒の涙をこぼしながら、しゃくり上げる。レッドバーンは幼子をあやすみたいに、シュタルの背中を撫《な》で続けた。

「お前を閉じこめた理由をちゃんと話しておけばよかった。そうすれば、こんな目に遭《あ》わずに済んだのに」

「それじゃ、兄様は……」

「俺の地位を奪《うば》うために、お前を襲おうと画策している奴がいることは知っていた。偶然話を聞いてな。だが、物理的な証拠がないし、何も起きていない状況では、表だって動けなかった。軍議中は忙しいから見張りをつけることもできないし、俺が傍《そば》にいられない軍議中は、ああするのが一番だと思ったんだ。俺の結界を外せるのは、この国ではオズ様くらいだし、そのオズ様にはこの件を報告していたからな。……まさか、ゾディ殿があの封印を解くとは」

自分が閉じこめられた理由を聞かされ、シュタルは彼を疑ってしまった自分を恥じた。こんな目に遭《あ》うのは、当然の報《むく》いである。

「でも、どうしてここが分かったんですか？　それに、軍議は……？」

随分気持ちも落ち着いてきて、シュタルはそう訊《たず》ねた。

「休憩時間に、ゾディ殿から封印を解いたと聞いてな。お前の部屋に行ってみたらお前がいないし、緊急事態だと思ってこちらを優先することにした。お前のいる場所は、魔紋で分かる」

そういえば、魔導士は魔紋をつけたものの場所が分かるのだ。つけられたときは複雑な気持ちになったけれど、そのおかげで助かったのだと、シュタルは魔紋に感謝した。

「魔紋といえば、コンドラトは魔紋を見て固まってました。人に魔紋をつけるのって、そんなにすごいことなんですか？」

「無機物になら簡単につけられるが、生物につける場合は大量の魔力を消費し続けることになるからな。普通はやらないし、できない。それに、俺の名前が書いてあるようなものだから、萎《な》える。念のためにつけておいてよかった」

レッドバーンは服の上からシュタルの太ももをなぞった。そのとき、沢山の足音が近づいてくる。

「シュタル！　無事かい？」

倉庫に駆け込んできたのはゾディだった。その後ろから、十人ほどホワイタル国の魔導士も入ってくる。

「ゾディ様！」

「余計なことをしてしまってすまない。私のせいで、君を危険に晒《さら》してしまった」

ゾディは膝をついて頭を下げた。一国の筆頭魔導士にそんなことをさせてしまい、シュタルはすくみ上がる。

「いえ、違います！　騙《だま》されたとはいえ、ここに来たのは私の意思です！　ゾディ様は私を思って封印を解いてくださっただけで……そのお気持ち、本当に嬉しかったです」

「ゾディ殿。結果はともあれ、他国の筆頭魔導士であるあなたが俺の弟子を気にかけてくれたことは感謝する」

シュタルとレッドバーンがそれぞれに言葉をかけると、彼女は顔を上げた。

「本当にすまなかった。……ところで、芋虫みたいに床に転がって呻《うめ》いているこの男が、君を襲おうとした奴かい？　入り口のところと、あと奥のほうにも寝ている男が何人かいるけど」

「は、はい。命令していた人は別にいるらしいですけど」

「よし、分かった。欲求不満のガキは私たちが相手をしてあげよう」

ゾディが呪文を唱えると、眠っていた男たちが目覚める。眠っていたわけではなく、殴られた衝撃で動けなかったコンドラトは、ゾディの短剣で服を切り裂かれた。ひいっと、まるで生娘《きむすめ》のような悲鳴を上げる彼に、ゾディは冷たく言い放つ。

「君がやろうとしていたのは、こういうことだよ。初めてだろうけど、優しくなんてしないからね」

床に寝っ転がったままのコンドラトの顎《あご》をつま先で上げさせながら、ゾディはうっすらと微笑む。

それを見たレッドバーンは、動けないシュタルをひょいと抱き上げた。

「俺たちは出ていくから、ここは好きに使ってくれ。声が筒抜けにならないよう、音封じの結界を張っておく。あとの軍議についても任せてくれ。どうせ、今日の議題で一番重要なことはすでに決まっているし、残りの議題はたいしたものではない。ホワイタルの副筆頭魔導士がいれば充分だ封印をかけると、シュタルを抱いたまま魔導士棟へと戻った。
レッドバーンはシュタルを連れ、部屋を出る。それから宣言どおりに音が聞こえなくなるような
「ああ、よろしく頼む」
ろう」

レッドバーンはシュタルを部屋へと運んだ。四肢《しし》はかなり動くようになったけれど、変わらず全身が重い。眠らないと回復しないようだ。

魔導士棟に戻る道すがら、シュタルは何があったのかをレッドバーンに説明していた。書架《しょか》にこめられていた彼の魔力を借りたとはいえ、眠りの魔術を成功させたと聞き、レッドバーンはよくやったと褒《ほ》めてくれた。

昼休憩の時間になっていたので、レッドバーンはそのままシュタルの傍《そば》についてくれている。

「いくら扉に封印をかけても、自分の体を狙っている奴がいると分かったら、お前も気持ち悪いだろう？　それで理由を説明しなかった。結局、そのせいでお前が危険な目に遭《あ》ったのだから、伝えておくべきだったな。俺が間違っていた、悪かった」

「そんな……！　兄様は私のためを思って、言わないでいてくれたんですよね？　なのに、私は兄様のことを疑ってしまいました。信用されていないんだって勘違いして……。私こそ、ごめんなさい」

横になったままの体勢で、シュタルは謝った。レッドバーンは優しく微笑んでくれる。

「気にするな。……ちなみにひとつだけ確認しておくが、昨日お前が言った結婚は嫌だっていうのは、取り消すよな？」

「あれは……。……兄様こそ、私と結婚してしまっていいんですか？　兄様が魔力を失いたくないのであれば、私はこれから先、誰ともそういう行為をしませんから、責任をとらなくても大丈夫です。……そもそも、私は兄様のことが好きですけど、兄様はそういうわけではないですよね？」

「はあ？」

レッドバーンは瞠目《どうもく》する。何回かその深紅《しんく》の瞳を瞬《しばた》かせたあと、彼はあっけらかんと言った。

「お前は何を言っているんだ。好きに決まっているだろう」

あまりにもあっさりとした答えに、シュタルは驚いてしまう。

「それって弟子としてではなく、一人の女としてですか」

「当然だ。そうでないと、あんな風に抱けないだろう。第一、俺が好きでもない女に求婚するような男に見えていたのか？　お前は俺を何だと思っているんだ」

「本当に？　本当に私のことを好きですか？」

「好きだ。何をいまさら」

レッドバーンはきっぱりと言いきった。

「…………」

――レッドバーンが自分のことを好き。

それを知り、胸が温かくなってくる。でも、まだ素直に信じられない気持ちもあった。

その懸念《けねん》が表情に出ていたのか、レッドバーンが問いかけてくる。

「どうして疑っている？　隠すつもりもなかったから、かなり分かりやすくお前に好意を示していたと思うが……。まさか、自分が甘やかされてるって自覚がないのか」

「ありましたけど、でも！　その……好きって、言ってくれなかったから。兄様が私のこと、どう思っているのか分からなくて……。ただ責任をとるために結婚しようって言ったのかなとか、いろいろ考えちゃって」

レッドバーンは腕を組みながら思考にふける。そしてたっぷり数十秒経ったのち、「確かに言っていなかったな」と頷いた。

「求婚して想いを伝えた気になっていた。あのときは筋を通しておかなければならないと思って、お前を不安にさせないためにも、手を出す前にきちんと求婚しておこうと考えたんだ。……でも、そのことが、かえってお前を不安にさせてしまったんだな。すまない」

「い、いえ……」

「恥を忍んで言うが、知ってのとおり、俺はお前が初めての相手だ。あのときは愛を囁《ささや》く余裕なんてなかった。痛くさせたくない、気持ちよくさせたい、そしてとてつもなく気持ちいいってことだけでもう、いっぱいいっぱいだったんだ。そもそも、お前だって俺を好きって言ったか？　お前の気持ちは知っていたが、しっかりとした言葉では聞いてないぞ」

「……！」

言われて、シュタルははっと気付く。確かに抱かれている最中に余裕はなく、嬌声《きょうせい》を上げるばかりだった。

「言って、ません……」

消え入るような声で答えると、「ほらみろ」とレッドバーンは笑う。

「お互い様じゃないか」

「は、はい……」

「では、お前は俺が好きでもないのに求婚したと思ってたから、結婚するのが嫌だって言ったんだな」

「……」

シュタルはこくりと頷く。

「まあ、それについては好きだと口にしなかった俺も悪い。でも、お前も悩む前に聞け。いつもお前に何かを教えるときだって、最後に質問はあるかって聞いてるだろ。分からないことはそのままにしないで、質問することが大切だぞ」

それは、まさしく師匠らしい言葉だった。そのとおりだとシュタルは反省する。

「……と、いうわけで、何か質問はあるか」

「じゃ、じゃあ！　いつ私のことを好きになったんですか？　きっかけは？　私のどこが好きなんですか？」

先ほどとは打って変わって急に表情を輝かせたシュタルに、レッドバーンは苦笑しつつも答えた。

「随分と恥ずかしいことを聞くな。まあこの際だ、教えてやろう。……弟子にしたときのお前は十三の子供だったから、勿論《もちろん》そんな目で見ていなかったし、妹みたいな感じだった。あれは――確か、二年くらい前か。お前、そのときにはすでに俺のことを好きだったろう？」

「……！」

図星をさされて、シュタルは頬を染める。

「自分を好いている子と朝から夜までずっと一緒にいて、嫌な気はしないさ。しかもその間、あの少し潤《うる》んだような熱い眼差しで見つめられるんだ。お前は大切な弟子だし、最初はどうしたものかと困ったがな。でもな……」

気恥ずかしいのか、レッドバーンはずいぶんゆっくりと語っていた。シュタルはどきどきしながら、彼の話を聞く。

「俺はお前の村での成人する歳まで、女性魔導士の魔力に関する秘密を教えるつもりはなかった。それもあって、いくら魔力を強める修業をしても、お前の魔力が強くなることはなかったんだ。でもお前は、あきらめずに修業をしていた。成人前の女性魔導士には嫌になって修業をやめる者も多いのに、お前はそんなことはなかった」

「……だって、沢山頑張れば魔力が強くなると思っていたんです」

「そうやって頑張り続けられるのは、立派なことだ。俺自身のこともあってなおさらそう思う。俺の魔力は強い。これは俺の努力の結果だ。何もしないで手に入れたわけではないし、俺は努力したと言いきれる。だが、若くして強い魔力を持っているというだけで、恨まれることもよくあった」

レッドバーンは、そこで息を吐いた。

「男の魔導士は女と違って、修業すれば魔力が強くなるはずなんだ。しかし修業の仕方が悪いのか努力が実らなかった魔導士に、俺は負の感情をぶつけられてきた。なるべくお前に悟らせないようにしていたけど、くだらない嫌がらせなんてしょっちゅうだ。カーロ殿なんかは面と向かって嫌みを言ってくるから、分かりやすかったけどな。俺も人間だし、嫌な気分になる。……でも」

レッドバーンは手を伸ばし、シュタルの頬をそっと撫《な》でる。

「シュタル。お前は魔力が強い他の魔導士を羨《うらや》むわけでも、逆恨みするわけでもなかった。ずっと頑張ってきたお前の姿を、俺は見ていたよ。頑張るお前がいたから、些細《ささい》な嫌がらせなんて平気になった。お前が頑張る姿は、とても眩《まぶ》しかったよ」

レッドバーンの深紅《しんく》の目が細まり、ゆるく弧を描いた。

「だから俺は、お前を好きになったんだ。伴侶《はんりょ》にするなら、お前しかいない。シュタルが荒《すさ》みそうになった俺の心を救ってくれた。——愛しているよ、シュタル」

まっすぐな言葉をぶつけられて、シュタルの瞳に涙が滲《にじ》む。先ほど、倉庫で流した涙とはまったく異なるものだった。

——ああ、この人は自分のことを愛してくれていたのだ。

今から思えば、初めて体を重ねたときの「言うつもりはなかったが」という言葉も、こんな状況で告げたくはなかったという意味だったのだろう。

「わ、私も……私も、兄様が好きです！　あの戦争で村も焼かれて、家族もみんないなくなっちゃって……孤児院に入れるかどうかもギリギリの年齢で、どうしたらいいか分からなくて、不安で。そんなとき、兄様が私に手を差し伸べてくれて、生きる場所を与えてくれて。すごく嬉しかったんです。兄様がいたから、今の私があって……って、あれ？　すみません、頭がぐちゃぐちゃで、自分でも何を言ってるのか分からない……。何を言いたかったんだっけ……」

涙をこぼしながら言葉を紡《つむ》ぐが、混乱してしまって、とりとめのないことばかり口走ってしまう。そんなシュタルの頭を、レッドバーンは優しく撫《な》でた。

「俺はお前の新しい家族になりたい。お前の生きる場所は、俺の隣であって欲しい。お前にも、俺の隣にいたいと……いつまでもそう思ってもらえる男になるように頑張るから、結婚しよう、シュタル。——愛している」

「はい……！　私も兄様に一緒にいて欲しいと思ってもらえるように、頑張ります。……好きです、世界で一番、兄様のことが」

それを聞いたレッドバーンが、そっと顔を近づけてくる。唇が触れた瞬間、シュタルの全身を幸福感が満たしていった。

第五章　溺愛

合同軍議が無事に終わった。

ホワイタル国から来た一行が帰ることになったが、なんとシュタルを襲おうと画策した四人組とコンドラトも一緒について行くそうだ。「お持ち帰りする」「若くて元気があっていい」とホワイタル国の魔導士たちは言っていたものの、あのあと倉庫でどういうことが行われたのか、具体的なことをシュタルは知らない。

しかし、シュタルに謝罪をしに来たときのコンドラトたちは少女のような表情をしていて、仕草も女性らしくなっていた。魔力もシュタルより弱くなっている。

魔力の変化だけならともかく、あのコンドラトまで女性らしい口調で話し始め、シュタルも驚かされた。性格まで変わるなんて一体何をしたのか、気になってゾディに聞いてみたけれど、笑ってはぐらかされるのだ。レッドバーンは薄々感づいているようだが、「お前の知らない世界があるということだ」と言うだけだった。

ちなみに、よほど強い力で殴ったのか、ホワイタル国の一行が出発する日になっても、レッドバーンの拳《こぶし》の痕《あと》はコンドラトの頬に痛々しく残っていた。

レッドバーンはコンドラトに餞別《せんべつ》として高価な軟膏《なんこう》を渡していたが、それは打撲《だぼく》や擦《す》り傷に効くものではなく、痔《じ》の軟膏《なんこう》だった。レッドバーンが間違えたのかと思ったが、コンドラトは本当に喜んでいるようで、シュタルはますます首を傾げることとなる。

そして、カーロは宮廷魔導士の辞職届を置いて姿を消していた。実際に被害が出たわけではない上に、彼の兄弟である高位の文官が手を回したからか、カーロを追う者はいない。

ホワイタル国の一行の出発直前に、ゾディはシュタルに声をかけてくれた。

「本当にすまなかったね」

何度も謝罪をしてくるので、シュタルはかえって申し訳なく思ってしまう。

「ぜんぜん平気ですから、もう謝らないでください」

あのように監禁されているのを見れば誤解するのも無理もないし、ゾディがシュタルのことを思って行動してくれたことは分かっているから、彼女を責める気持ちなんてなかった。

「レッドバーン殿なら、君も幸せになれるだろう」

そう言うゾディだが、自身の経歴から完全に男を信用しきれないのか、付け加える。

「でも、何かあったらいつでもホワイタルにおいで。私たちは女性魔導士の味方だから」

「ありがとうございます」

「もし君の周囲で困っている女性魔導士がいたら、ホワイタルに逃げるように声をかけて欲しい。これは女性に口頭でしか伝えてないんだけどね、ホワイタルへ逃亡の手助けをする組織があるんだ。あとでライムから聞くといい」

ゾディはそっと耳打ちをしてくる。それを使うようなことにならなければいいと思いながら、シュタルは礼を言って頭を下げた。

そして、ホワイタル国の一行は来たときよりも少しだけ人数を増やして帰っていった。慌ただしかった王宮も静寂《せいじゃく》を取り戻す。出店がなくなった街並みはちょっと寂しかった。

軍議中に滞《とどこお》っていた仕事を済ませると、魔導士たちには休暇が与えられる。もっとも筆頭魔導士と副筆頭魔導士は毎朝の祝福の儀があるし、有事の際のために、どちらか片方は必ず魔導士寮に待機していなければならないので遠出はできない。だが、軍議の準備で忙しかった分、ゆっくりと過ごすことができるので充分だった。

その期間に、シュタルは王都の外れにあるレッドバーンの実家へ婚約者として挨拶《あいさつ》しに行く。

結婚の報告を受け、レッドバーンの母親は大いに喜んでくれた。

「レッドバーンは変に真面目なところがあるでしょう？　副筆頭魔導士にまでなっちゃうし、お嫁さんは諦めてたんだけど、本当に嬉しいわ」

と、何度も口にしていたほどである。

両親を亡くしたシュタルに配慮して何も語らなかったのか、レッドバーンが一人息子だということを初めて聞いた。両親を見ていれば、彼がいかに大切に育てられたかが分かる。

しかし親離れ、子離れしていないわけではなく、理想的な温かい家庭を見て、シュタルは胸が温かくなった。

副筆頭魔導士として部下を束《たば》ねる男も親の前ではただの息子であり、彼の新しい一面を見た気がする。

他にも休暇中は結婚式の日取りを決めたり、新居を探したりした。結婚の準備は順調だし、二人の仲もよいし、何も問題がないように思える。

だが――シュタルには気になることがあった。

合同軍議から一ヶ月。休暇はとうに終わり、軍議前より人員は減ったものの、宮廷魔導士たちはいつもの日常に戻っている。

レッドバーンとシュタルの結婚式は着々と近づいてた。

副筆頭魔導士という立場もあって、王宮内にある教会を特別に使わせてもらえるとのことだ。シュタルも結婚式を楽しみにしている。

しかし、すべてが順調なように見えてそうではない。その日、シュタルは一日の終わりにベッドに横たわって、ぼーっと天井を眺めて悩んでいた。

倉庫で襲われそうになったあの日から、レッドバーンがシュタルに手を出してこなくなったのだ。毎日キスはしているものの、唇がそっと触れるだけの軽いものである。舌を絡めあい、相手の呼吸さえ呑みこむような深い口づけは長いことしていない。

もしかして自分に飽きてしまったのか……なんてことは微塵《みじん》も思わなかった。レッドバーンの性格を考えれば、なぜ彼がシュタルを抱かないのか、なんとなく想像できる。

襲われそうになったシュタルが情交に対して恐怖感を抱いているかもしれない、彼はそう考えているのだ。

確かにシュタルは襲われそうになった。だがレッドバーンがすぐに助けてくれたし、たいしたことはされていないと思っている。

怖かったけれど、傷ついてはいない。

しかしレッドバーンは、必要以上にシュタルに気を遣っていた。婚前の恋人たちの本来あるべき姿なのかもしれないものの、ここ一ヶ月は健全すぎるお付きあいをしている。

けれど、情交を知ってしまった体は毎晩疼《うず》く。シュタルは彼に触れてもらいたくてたまらないのだ。

でも、それをどう伝えたらよいのか分からなくて、何も言えずにいる。「抱いて欲しい」と言うのも恥ずかしいし、男の誘いかたなんて知る由《よし》もなかった。

結婚式が終われば、さすがに初夜は抱いてくれるだろう。その日はもうすぐだというのに、果てしなく遠く感じてしまう。

彼の熱を知らないままでいれば平気に過ごせただろうけれど、もう手遅れだった。すでに彼の存在を強く体に刻みこまれており、放置された体はまるで半身を失ったみたいに苦しい。

自分の中にこれほどまでにいやらしい感情が芽吹《めぶ》いていたなんて……とシュタルは苦笑した。理性で抑えつけているものの、本心は抱いて欲しくて仕方がない。

切なさにため息をついたときだった。視界が歪《ゆが》んだかと思うと、血液が燃えるように熱くなる。

「……！」

頭がくらくらして、下腹部がじんと疼《うず》いた。この現象をシュタルは知っている。

——発情期だ。

情交を覚え、しかも元よりレッドバーンを欲していた分、激しい劣情に苛《さいな》まれた。前回の発情期よりも、もっと強く体が疼《うず》いている。

「……っ、あ……」

何もしないで鎮《しず》まるものではないから、対処するしかない。前回はレッドバーンに手伝ってもらったが、色を知った今のシュタルはどうすればいいのか分かっていた。震える指先を、そっと下腹部に伸ばす。

「……っん」

レッドバーンに抱かれなくなってからも、自分で慰《なぐさ》めたことは一度もなかった。抱いて欲しいとは思っていたけれど、単純に快楽を得たいのではなく、彼だからこそ触れてもらいたいのだ。

淫唇《いんしん》がふっくらと膨らみ、その奥の蜜口は愛液を滲《にじ》ませている。そこに触れると、ぬるりとした感触が指先に伝わってきた。

「あ……っ」

指先に蜜を絡めて秘裂をなぞる。くちゅりという音が妙に響いて聞こえた。

指を動かすたびに、いやらしい音が耳を犯す。しかし、こんなにも濡《ぬ》れているのに、レッドバーンに触れられるときに比べたら大人しい気がする。

「んっ、う……」

つぷりと、蜜口に指を挿《い》れてみた。

シュタルの指では気持ちいい部分まで届かないし、強い刺激も得られない。レッドバーンの節ばった、少しざらついた硬い指が恋しくなる。

「レッドバーン様……っ」

思いが募《つの》り、とうとう彼の名を呟いてしまった。彼を呼ぶと、じわりと体に熱が走る。拙《つたな》い指の動きで物理的な快楽を得ることが難しいなら、せめて心だけでも気持ちよくなりたい。

「あぁ……ん、兄様……っ」

呟けば呟くほど、彼に触れられたときのことを強く思い出すことができる。シュタルは彼に触れられているのだと妄想することにした。

指の数をもう一本増やすと、ぐちゅりと水音が大きくなった。

寝衣をはだけさせた途端、大きいとは言えないが形のよい胸がこぼれ落ちる。シュタルは空《あ》いているほうの手で胸の先端に触れた。軽く引っ張り、いやらしい形に変わった自分の体の一部を見て、熱い吐息をこぼす。

「……っはぁ、兄様……んぅ」

兄様と繰り返し呼んで、目を閉じる。じくじくとお腹の奥が疼《うず》いてきて、内腿《うちもも》が震えた。しかし、気持ちよくなってくると指の動きが止まってしまう。

「んうっ、はぁ……、あ」

頑張って上《のぼ》り詰めようとしても、その直前で体の自由が利かなくなる。自分の体なのに自由にできなくて、どうしたらいいか分からずシュタルは涙目になった。

「……兄様、助けて……」

魔紋を撫《な》でながら、掠《かす》れた声で呟く。

レッドバーンの部屋へと続く扉が開かれたのは、そのときだった。助けて欲しいとは思っていたものの、まさか本当に彼が来るとは思わなかったし、こんな姿を見られたいわけでもなかった。

「え？　……えっ？」

シュタルは慌てて乱れた衣服を直そうとするが、その前にレッドバーンが早足で近づいてきて、ベッドに飛び乗ってくる。

「に、兄様、……っん！」

レッドバーンはベッドに乗るなり、荒々しく口づけてきた。驚きで開かれた唇に、容赦なく舌がねじこまれる。

シュタルも最初は驚いていたが、レッドバーンの舌に触発され、舌を絡め返した。互いの舌が擦れあい、激しい口づけに唾液《だえき》がつうっと唇の端から流れていく。

レッドバーンはシュタルの秘所に手を伸ばした。すでに二本の指を咥《くわ》えこんでいるそこに、彼は自分の指を突き挿《い》れる。

「んむっ！」

シュタルの指ごと、レッドバーンは蜜壷をかき回した。すでに濡《ぬ》れそぼって柔らかくなった秘肉は、かき混ぜるたびに大きな水音を響かせる。

「……んぅ、んっ、んうっ」

自分でしていたときとは桁違いの快楽がシュタルを襲った。

レッドバーンの指が内側をかき混ぜたり、気持ちいい部分を擦ったり、狭い蜜壷の中でシュタルの細い指に絡んできたりする。シュタルはどんどん高みに押し上げられていき、レッドバーンの指の動きはより激しくなった。

「シュタル、シュタル……！」

熱に浮かされたように、彼が名前を呼ぶ。

「……っ、ん、んぅ、——っ！」

シュタルの体が大きくしなり、自身の指とレッドバーンの指を強くしめつける。奥からどくりと大量の蜜が溢れだしてきた。

望んでいた絶頂を得られて、シュタルはとろんとした瞳でレッドバーンを見つめる。

レッドバーンは濡《ぬ》れた指を引き抜くと、己の服を乱暴に脱ぎ捨てた。

大きくなった彼の欲望の象徴が、先端に透明な液を滲《にじ》ませている。浮き出た血管は脈打ち、シュタルを求めてひくりと震えていた。

「俺も、もう——」

「……あぁ……」

ずっと求めていたものを目にして、シュタルは膝を立て、足を大きく開く。快楽の余韻でひくつく蜜口を自らの両手で左右に割り開き、彼の名を呟いた。

「レッドバーン様……」

呼ばれて、レッドバーンは昂《たか》ぶったものを一気に突き挿《い》れてきた。最奥を思いきり穿《うが》たれた瞬間、シュタルがびくびくと体を震わせる。

「――っ、ああ……！」

彼のものを全部受け入れると、喜びと快楽でシュタルは再び達してしまった。連続で頂点を極めた蜜壷は大きく波打つ。

「……っ」

その激しい収縮が収まるまで待ったあと、彼は腰を突き動かす。

「んうっ！　あっ、はっ！　んっ」

シュタルは秘められた部分を左右に開いたまま、彼を受け入れた。露《あら》わになっている秘芽《ひが》は、奥深くを穿《うが》たれるたびに彼の下生《したば》えに擦れる。そのちりちりとした感触がとても気持ちよかった。

「っ、あ……ん、兄様……っ」

穿《うが》たれるのも、敏感な部分が擦られるのも気持ちいい。ずっと欲しかったものを得られて、シュタルの体は喜びにわななないた。

だが、禁欲していた上に発情期の影響もあり、快楽に貪欲になっていた花芯《かしん》は、軽い刺激だけでは物足りなくなってしまう。

シュタルは蜜口を開いていた指を動かすと、自身の秘芽《ひが》にあてがった。

「んうっ！」

こりっとした部分を指の腹で押しつぶすと、きゅうっと蜜口がしまり、レッドバーンが掠《かす》れた声を上げる。

「――ッく。シュタル……」

レッドバーンは腰の動きをゆるやかにしながら、結合部を見た。

シュタルのぐずぐずに濡《ぬ》れた蜜口は、まるでレッドバーンの怒張を捕食するかのように、嬉しそうに呑みこんでいく。その少し上ではいやらしい突起がシュタルの細い指でこねくられ、更に内腿《うちもも》にはレッドバーンの魔紋があった。

「ああ……、最高の眺めだ」

その光景に劣情をかき立てられたのだろう、レッドバーンはシュタルの顔を挟むみたいに両手をつくと、欲望のままに律動を送る。

「っああ！　んっ、はっ、あっ、ああぁ」

シュタルはレッドバーンの腰に足を絡めた。先ほどとは違う角度で擦れあい、新しい快楽が生まれる。

「んっ、好き……兄様、だいすき……」

「……ッ！」

シュタルが呟いた瞬間、男根は大きく震え、蜜壺に大量の精が注がれた。

ずっと欲しくてたまらなかったものが、シュタルの奥深くまで満たしていく。それは、心までも満たすかのようだった。

「んっ、あっ、あぁあっ！」

精を注ぎこまれる感触に、シュタルはまたしても達する。愛液と精液がシュタルの中でどろどろと混ざりあう。

「シュタル……愛してる」

レッドバーンはそう囁《ささや》くと、シュタルに口づけた。そして優しく、けれど執拗《しつよう》に舌を絡める。

射精してもなお、一度じゃ足りない。もっと、もっとお前が欲しい……」

「だめだ、一度じゃ足りない。もっと、もっとお前が欲しい……」

「んうっ、はぁ……」

悦楽《えつらく》の淵《ふち》を漂《ただよ》いながらも、さらなる快楽を求めてシュタルの腰が動き出した。その動きに、レッドバーンの腰がぞくりと震える。

「シュタル……ッ？」

「あの……あのね？　好き、好き……っ」

シュタルの腰の動きは拙《つたな》いものではあったけれど、レッドバーンの心を激しく突き動かしたようだ。レッドバーンはシュタルの右足を掴むと、自身の肩にそれをかける。

「っあ！」

繋《つな》がりが深くなり、シュタルは背筋をのけぞらせた。先ほどとは違う角度をごりっと擦られて、きゅんと蜜口がわななく。

「シュタル……」

がくがくと揺さぶられて、シュタルの胸が揺れる。

ぐずぐずに蕩《とろ》けきった内側は彼自身にぴったりと絡みつき、彼が腰を引くとすがりつくかのように追いかけていく。

「中、すごいことになってるぞ……。分かるか、いやらしい動きをしてる」

粘膜《ねんまく》が擦れあい、根元まで突き挿《い》れられるたびに体液が押し出され、飛沫《ひまつ》が上がった。

レッドバーンは肩に担ぎ上げたシュタルの足に舌を這《は》わせつつ、腰を揺らす。

「はぁっ、んっ、んっ、あ……」

「なあ、シュタル……さっきの、もう一度言って」

「んっ、……っは、好き、好き……。大好き……」

その言葉に、レッドバーンの怒張がぴくりとうごめく。シュタルの蜜壷は、そんな動きにも嬉しそうにきゅっと反応した。

「シュタル……好きだ、愛してる……」

「あうっ、……っは、んっ、私も、っ、んふぅ、んっ、好き……っ」

そう言いながら、シュタルの蜜壷がきゅうきゅうとレッドバーンをしめつける。

「……ッ、シュタル……愛してる……!」

レッドバーンは担いでいる足を甘噛《あまが》みし、再び精を吐き出す。シュタルもまた、彼と同時に達した。

「…………」

レッドバーンは彼女の足を下ろすと、繋《つな》がったままぎゅっとシュタルを抱きしめる。

シュタルは呆《ほう》けたように天井を眺めていたが、ややすると、情欲にまみれていた瞳にいつもの理性的な輝きを取り戻した。

「――っ」

自身のしたことを思い出し、シュタルは両手で顔を覆う。隠しきれない耳は、真っ赤に染まっていた。

「シュタル？」

「……っ、やだ、やだぁ……」

顔を押さえたまま、ぶんぶんと首を振る。忘れてしまえれば楽なのに、先ほどまで自分が何をしていたのか、鮮明に思い返すことができた。

「心配するな。可愛かったし、すごい興奮した」

レッドバーンはシュタルの顔を覆う手の甲に、ちゅっとキスを落とした。

「あっ、あの！　今のは、その、発情期のせいで、ちょっとおかしくて！　決していつもの私は、あっ、あんなことはしないです！」

しどろもどろに言い訳を始めるシュタルに、レッドバーンは微笑みをこぼした。

「うん、そうだな。知ってるから安心しろ。……というか、さっき、隣からお前の声が聞こえてきてな。発情期だろうとは思ったが、お前が俺を呼ぶ声を聞いて……助けてって言われたら、もう俺も我慢できなかった。俺も、ずっとお前に触れたかったんだ。あんなことがあったから遠慮していたが、もう限界だった」

頭をぽんぽんと優しく撫《な》でられて、シュタルは顔を覆っていた手をゆっくりと退ける。視線が交わると、レッドバーンの瞳に再び欲望の色が滲《にじ》むのが見えた。

「なあ、シュタル。これ、このままでいいか？　まだ、お前の中にいたいんだ」

レッドバーンは腰を小さく動かした。ぐちゅりという大きな水音とともに、結合部から二人の体液が流れ落ちる。

「……っ」

シュタルは顔を赤くしながらも、ゆっくり頷く。

「このままだと、多分もう一度するぞ。それでもいいのか？」

二度目の問いかけにも、シュタルは頷いた。

「シュタル……」

レッドバーンはシュタルに口づける。優しい口づけを交わしているうちに、彼の欲望はシュタルの中で再び膨れ上がっていった。

◆　◆　◆　◆　◆

重大な罪を犯していたり、軍事機密を持ち逃げしたりしていなければ、国は逃げた宮廷魔導士をわざわざ追いかけることはない。それを知っていて、シュタルの強姦を示唆《しさ》したカーロは王都の外れまで逃亡していた。

本気で逃亡するなら王都より外に出る必要があるのだが、王都の便利な暮らしに慣れた身では、不便な辺境で暮らすことは辛い。そもそも人を殺したわけでもなく、強姦は成立しなかった。そのうち忘れられるだろうし、顔を隠して大人しく暮らしていればいいと彼は思っている。

カーロは初老と呼ばれる歳まで清らかな体のまま、宮廷魔導士として勤めていた。長年の勤務と、有能な兄弟の王宮での地位を考慮してか風紀長の役職を与えられたが、名ばかりのものである。かえって能なしの烙印《らくいん》を押された気がして、矜持《きょうじ》が傷つけられた。

それでもカーロは毎日欠かさず魔力を強めるための修業をしていた。しかし、彼の魔力はそこまで強くならない。だからこそ、少し修業するだけで魔力を強めていくオズやレッドバーンの存在が憎らしかった。

自分のほうが修業している自覚はあるのに、魔力は弱いままである。努力ではなく生まれ持った才能の差かと思うと、カーロはとてもやるせなかった。

オズやレッドバーンが若くして筆頭魔導士や副筆頭魔導士の地位に就《つ》いたときは、腸《はらわた》が煮えくりかえるような思いだった。しかし彼らも女を知らぬ身、いくら見目がよくても男盛りの時期を空《むな》しく過ごすのだと思うと、少しは溜飲《りゅういん》が下がる。

それなのに、レッドバーンは女を知った。

結果、魔力が弱まって地位を失うのならよかったのだが、処女を抱いたくらいでは彼の膨大な魔力にはほとんど影響がない。また、その相手があの真面目なシュタルであれば、彼女の不貞でレッドバーンの魔力が弱まる未来は想像できなかった。

女の味を知り、副筆頭魔導士という地位のままのレッドバーン。彼の性格を考えるに、このままシュタルを娶《めと》り、幸せな家庭を築くのだろう。

カーロは、自分の持っていないすべてを手に入れようとしているレッドバーンのことが許せなかった。

しかも、真面目で可愛らしいシュタルのことをカーロはそれなりに気に入っていた。胸が大きすぎないのもいい。処女だし、うるさく言ってくる家族もいないから、そういう女なら抱いてやってもいいと思っていたのだ。

しかし、シュタルはレッドバーンのものになった。

レッドバーンが抱いたのがあのシュタルだったからこそ、余計に腹が立つし、体を許したシュタルも気にくわない。だが、カーロは、力ではレッドバーンに敵《かな》わない。

だからカーロはコンドラトたちをそそのかして、シュタルを強姦するように仕向けた。レッドバーンと同じ女を共有するのは嫌だし、処女ではないシュタルには興味がないので、自らが犯そうという考えはない。

そして、計画は失敗に終わった。

カーロは万が一のために用意していた辞職届を置き、金を持ってすぐに逃げた。長年宮廷魔導士として働いていたから、金だけはある。贅沢さえしなければ働かずとも暮らしていけそうだし、ほとぼりが冷めたら元宮廷魔導士という経歴を活かして、市井《しせい》の魔導士として働く予定だ。

もしあのとき強姦が成功して、レッドバーンが副筆頭魔導士の地位を失うことになったとしても、カーロには副筆頭魔導士になれるほどの魔力はない。それでも、順風満帆《じゅんぷうまんぱん》に生きている男の人生に泥を塗ってやりたかった。

——そんな考えを抱いたことを、カーロは心底後悔した。

あの事件からひと月が過ぎ、油断したカーロの目の前に一人の男が現れたのだ。

肩より少し上で切り揃えられた闇色の髪に、深紅《しんく》の瞳。魔導士にしては恵まれた体躯《たいく》の男の名は、レッドバーン。

こんな王都の外れまでわざわざ副筆頭魔導士が来るなんてと、カーロは驚きながらも、彼を見るなり逃げ出した。レッドバーンは追ってきて、カーロは知らず知らずのうちに、狭い路地裏に追いこまれる。しかも、カーロが進もうと思った先は行き止まりになっていた。

「ああ……！」

レッドバーンは無表情のまま、ゆっくりとカーロに近づく。カーロは日頃の運動不足がたたって、ぜえはあと息切れしていたが、レッドバーンの呼吸はまったく乱れていなかった。

「ゆ、許してくれ。悪かった……！」

カーロは地面に膝をつくと、無様《ぶざま》に許しを請うた。あんなにも憎くていつかどうにかしてやろうと思っていたのに、いざ目の前にすると恐怖ですくみ上がってしまう。レッドバーンがいかほどの魔力の持ち主なのか、よく知っているのだ。

「本当に、すまないことをしたと思っている。魔が差したんだ。で、でも、ほら、シュタルは無事だったし……」

「……ん？　俺が復讐をしに来たとでも思ってるのか？　私怨《しえん》で動くほど、副筆頭魔導士は暇じゃないぞ」

そう言ったレッドバーンの顔は怒っていなかったし、敬語こそ使っていないものの、声色も平常どおりだ。復讐に来たわけではないと知り、カーロは安堵の表情を見せる。

「じゃあ、許してくれるのか……？」

「何を言っている。お前が帝国に亡命して、宮廷魔導士の軍事機密を横流しする計画を立てていたという情報が入ってきたから始末しに来たんだ。許す、許さないの問題ではない」

「……は？」

まったく覚えのないことを告げられ、カーロは動揺した。

「ま、待て！　一体何の話だ！」

「お前の机から、帝国までの亡命ルートの地図が見つかった」

「なっ……！　そんなもの、私は知らない！　それに私の役職では軍議に参加できないのだから、軍事情報なんて知り得るはずがないだろう！」

「それが、極秘資料も一緒に見つかったぞ。会議の結果、満場一致でお前の処分が決定した。お前の兄弟も、こればかりはお前を庇《かば》えなかったし、自分に被害が及ぶのを恐れてか、処分してくれて構わないとまで言っていたな」

「……！」

「ついでに、軍議初日に無謀な解呪を行おうとした件も、帝国側の指示だろうと判断された。軍議中にそんな事態が起きれば、ホワイタルからの信用を失い、大騒ぎになるだろうからな」

カーロは言葉を失った。冷たいものが背筋を走り抜けていく。

「ど、どうして……。解呪はコンドラトが言い出したことだし、軍事機密だって、本当に私は何も知らないんだ」

がくがくと震えるカーロに、レッドバーンはあっさり言い放った。

「まあ、そうだろうな」

その一言で、カーロはすべてを悟る。

亡命ルートの地図も、軍事情報も、自分を処分するために用意されたのだと。そして、それを仕組んだのは、目の前の男だということも。

「た、頼む。自首するから裁判をしてくれ。そうすれば私の潔白は証明されるはずだ！」

「おいおい、誰の仕業《しわざ》か分かったんだろう？　俺が助け船を出すと思うのか？　それに、お前を処分することはすでに決定している。これは俺の一存で変えることはできない」

レッドバーンはいつもと変わらない口調で淡々と話す。そのことが余計にカーロの恐怖をかり立てた。

「なぜ……どうして私を殺す必要があるんだ。お前ほどの魔力を持っていれば、私なんて取るに足らない存在だろう」

「なぜと問われれば、会議で決まったからだとしか答えようがないな」

そうなるように仕向けた張本人だというのに、レッドバーンは飄々《ひょうひょう》としている。そんな彼に、カーロはおそるおそる訊《たず》ねる。

「まさか、コンドラトたちもすでに処分したのか……？」

「コンドラトはお前にそそのかされただけだろう？　本当に強姦していたら殺していたかもしれないが、あいつらはホワイタルの監視下に入ったから、もう脅威《きょうい》はない。奴らを殺す理由はない」

コンドラトたちが生きていると聞き、少しだけカーロの表情が明るくなった。

「で、では私もホワイタルに行く！　そうすれば私は監視される上に魔力も失うし、お前の脅威《きょうい》にはなり得ないだろう？」

その提案に、レッドバーンは呆れたような眼差しを向ける。

「お前は何を言っているんだ。自分の顔を鏡で見ていないのか？　ホワイタルの連中だって若い男のほうがいいだろ。勃《た》ちの悪そうなおっさんの相手なんて願い下げだろうし、いくら魔力を強くするためとはいえ、あっちだって相手を選ぶ権利がある」

「ぐ……」

容姿を馬鹿にされても、カーロは何も言い返せなかった。そんな彼に、レッドバーンは言葉を続ける。

「ああ、そうだ。魔力を強くするといえば、お前、なぜ自分が修業しても魔力が強くならないのか疑問に思っていたんじゃないのか？　それで若くて有能な奴を逆恨みしていただろう」

「……理由が、あるのか？」

カーロの瞳が揺れた。

「男の魔導士が強い魔力を手に入れるには、修業も重要だが、強い魔力を持つのにふさわしい器《うつわ》になる必要がある。具体的に言うと、体を鍛《きた》え、本を読んで知識を得ることだ。地が整って初めて修業の効果が出る。才能なんかの問題ではない。お前の場合、本は読んでも体を鍛《きた》えなかったんじゃないのか？」

「ま、まさか、そんな……」

カーロは長年魔導士として生きてきて、それなりの知識があるつもりだったが、レッドバーンが語ったことは初めて知った。

考えてみれば、それを裏付けるように、オズもレッドバーンも魔導士にしておくのは勿体《もったい》ないほど鍛《きた》えられた体をしている。魔導士のくせに無駄なことをと思っていたけれど、まさか、こんな理由があったとは。

「な、なぜそれを言わなかったんだ！　修業しても魔力が強くならない魔導士は沢山いる。そんな者たちを導くのが、副筆頭魔導士であるお前の仕事ではないのか！」

知っていれば、違う道があったのかもしれない。そう思ったカーロは怒鳴った。

しかし、レッドバーンは眉ひとつ動かさず、冷たい表情で見つめ返す。

「それは魔導士なら自分で気付かなければならないことだ。オズ様だって俺だって、誰かに教えてもらったことはないし、そもそも強い魔力を持つ奴らがわんさか出てくるようになったら、今いる地位を奪《うば》われる可能性があるからな。それで懇切丁寧に教えると思うか？　お前が逆の立場だったら教えるか？」

「ぐっ……」

レッドバーンの言うとおりで、カーロは何も言い返せなくなる。確かに自分なら教えないだろう。

「それに俺は常日頃から言っていたぞ。薬草学にいたるまでまんべんなく学べ、いつ戦争が起きてもいいように体を鍛《きた》えておけ、と」

確かにそれは、レッドバーンがよく言っていた台詞《セリフ》だった。

薬草学まで学ぶ必要はないという魔導士は多いし、ましてや体を鍛《きた》える利点はないと考える者も多いので、彼の言うことを素直に聞いていたのは、ほんの一部の魔導士だけである。カーロも、レッドバーンの言うことに耳を傾けたことがなかった。

カーロは、がくりと肩を落とす。

「魔導士なら自分で気付かなければならない、と俺は言った。だが今、俺はそれをお前に教えてやった。……この意味、分かるな？」

レッドバーンが深紅《しんく》の目を細める。身も凍るような冷たい眼差しに、カーロの全身からぶわっと汗が流れ出た。

「ま、待ってくれ！　そうだ、お前は本が好きだったな。私のコレクションはなかなかのものだ。それをすべてくれてやろう。だからどうか、命だけは……」

「本か」

そのとき、レッドバーンの片眉が上がった。これが最後のチャンスだとばかりに、カーロはたたみかけるように言う。

「そうだ！　すでに絶版となっている本もあるし、古《いにしえ》の魔導書もある！　禁書もだ！　欲しくないか？」

「ほう……それは楽しみだ」

レッドバーンは口角を上げた。

取り引きが成立した、命が助かった、とカーロが思った瞬間、レッドバーンは冷たく言い放つ。

「お前の財産はすべて国に没収される。貴重な書物は魔導図書館に寄贈してもらうように進言しよう」

「……！」

カーロの瞳に絶望の色が浮かぶ。やがて、彼はみっともなくすすり泣いた。

「助けてくれ……。どうか、どうか命だけは……」

「俺だけを狙うならよかった。いくらでも相手をしてやったさ。だが、シュタルを襲うように仕向けたお前を、俺は絶対に許さない」

燃えるような赤い瞳に見据えられ、カーロは息を呑む。

「お前の悪意は、俺だけではなく、俺の周囲の者まで巻きこむ。その悪意の矛先《ほこさき》が、将来的に俺の子供に向くかもしれないだろう？　そんな危険分子を始末する理由はあっても、助ける理由はない」

そう告げたレッドバーンは腰に携《たずさ》えていた剣を抜く。よく研がれた刃先がきらめいた。

それは彼が副筆頭魔導士になったときにあつらえた剣であり、当時、魔導士のくせにわざわざ王宮お抱えの鍛冶《かじ》師に作らせたと噂《うわさ》になったから、カーロもよく知っている。

魔導士の使う魔術はとても地味で、炎を出したり風を起こしたりといった、敵を直接攻撃する魔術は存在しない。

相手を死に至らしめる呪術は存在するものの、それには膨大な時間と手間を要する。だから魔導士がてっとりばやく敵を殺す方法は、武器による攻撃だった。

いつかまた起こるかもしれない戦争のために——つまり人を殺すために、一流の鍛冶士《かじ》に作らせた剣を振りかぶったレッドバーンを見て、カーロは気付く。

レッドバーンは魔力の強さのみではなく、戦争中の功績を評価されて副筆頭魔導士に任命された男だ。戦争で功績をあげたということは、即《すなわ》ちそれだけ敵兵を殺しているということ。どんな相手であっても、どんな状況であっても、敵兵を殺すことに躊躇《ちゅうちょ》がなかったから、レッドバーンは戦争で生き残ったし、多くの功績を立てた。

——カーロは、とんでもない男を敵に回してしまったのだ。

今のレッドバーンの眼差しには、迷いなどない。しかし、カーロは震える声で命乞いをする。

「ど、どうか、助けてくれ……！」

それを聞いたレッドバーンの表情には怒りも、憎しみもなかった。剣を振り下ろす手つきは鮮《あざ》やかで、たった一瞬ですべてが終わる。

「地獄に落ちろ」

そのレッドバーンの呟きは、カーロの耳には届かなかった。

◆　◆　◆　◆　◆

数ヶ月後、レッドバーンとシュタルの結婚式が、無事に終わった。シュタルの家族はいなかったけれど、空から祝福してくれているはずだ。

結婚式のあとは新居に戻るのではなく、レッドバーンがとっていてくれた宿へ向かう。軍議のときに二人で食事をした高級宿だ。

あの日はお粥《かゆ》と温野菜しか食べられなかったが、今日は好きなものを食べられる。お酒まで飲んで、シュタルはご機嫌になっていた。

レストランから出たあと、二人は部屋へと入る。案内されたのは、最上階のワンフロアをまるまる使った一室で、お風呂まで備えつけられていた。豪華すぎる部屋に、シュタルの声が震える。

「に、に、兄様。ここ、一泊いくらなんですか……！」

一泊するのでさえ、シュタルの月給では足りないように思えた。

「心配するな。俺は読書以外の趣味はないから、金はたっぷり貯めてある。今日は記念の日だし、たまには贅沢したっていいだろう」

「兄様……」

確かに特別な日ではあるものの、それにしても部屋がすごすぎる。二人で泊まるには勿体《もったい》ないくらいだ。しかし、いまさら取りやめてもお金をとられるだけだし、ここは素直にレッドバーンの厚意に甘えたほうが彼も喜ぶだろうと、シュタルは微笑んだ。

「ありがとうございます、兄様」

「いいっていいって」

そう言いながら、レッドバーンは革張りのソファーに座った。ソファーや椅子は沢山あるが、シュタルは少しだけ迷ったあと彼の隣に座る。

「今日は疲れたか？」

「いえ！　あっという間に終わってしまって……。兄様の正装、素敵でした！」

「お前のドレス姿も綺麗だったぞ」

お互いに褒《ほ》めあう中、ふと視線が絡まる。

「シュタル……」

レッドバーンはシュタルの顎《あご》に指をかけて、そっと唇を重ねてきた。角度を変えつつ、口づけは次第に深くなっていく。舌を絡めあうと、体温が上がる気がした。

「んむっ、ん……」

ソファーの上に押し倒されそうになったところで、シュタルはレッドバーンの胸を押し返す。

「あのっ！　嫌じゃないんですけど、先にお風呂に入りたいです」

触れられるのは嫌ではない。しかし結婚式で汗をかいたし、すでに何度も体を繋《つな》げているものの、これが初夜となるわけだから、体を清めたいと思ってしまったのだ。

「そうか。……そうだな。分かった、一緒に入ろう」

「……えっ？」

「予約のときに下見をしたが、この部屋についてる風呂は二人で入っても充分広いぞ。よし、行こう」

レッドバーンはシュタルの手を引いて、部屋続きになっているバスルームへと向かう。

「ま、待ってください。なんで兄様も一緒なんですか！」

「せっかく広い風呂なんだから、一緒に入ってもいいだろう？」

驚きはしたものの、シュタルは抵抗らしい抵抗もせず、脱衣所で服を脱がされた。彼もまた服を脱ぎ、ともに浴室に入る。

「わあ……」

広い浴槽《よくそう》には花が浮かべてあり、室内はとてもいい香りがした。羞恥心《しゅうちしん》も忘れて、シュタルは喜ぶ。

「ほら、おいで。洗ってやろう」

レッドバーンは石鹸《せっけん》を泡立てて手招きする。

「い、いえ！　自分で洗います」

「俺が洗いたいんだ」

本気で嫌がっているようには見えないのだろう、レッドバーンの膝の上に乗せられたシュタルは、問答無用で体を洗われてしまう。

「んっ」

腕を洗う手つきにいやらしさはない。しかし、彼の大きな手がぬるぬるした泡と一緒に肌を滑《すべ》る感触に、妙にぞくぞくする。唇を引き結んでいたけれど、たまらず声が漏れてしまった。

「っあぁ……」

「……可愛い」

レッドバーンはちゅっと首筋にキスをする。そして、指の一本一本まで丹念に洗い上げた。すると、お尻にあたる彼の体の一部がどんどん硬く大きくなってくる。

「んっ！」

「……ッ！」

ふとした拍子に腰を揺らめかせ、彼のものを刺激してしまった。レッドバーンの口からもくぐもった声が漏れる。

「ご、ごめんなさい」

「謝らなくてもいい」

レッドバーンはそう言って、わざと腰を押しつけてくる。硬いものをぐりぐりとあてられて、シュタルはどうしたらいいか分からなくなってしまった。

「実は今までの解呪もこうなっていたんだぞ。さすがに出会った当初は欲情しなかったけど、ここ一年は特に反応していた。急に体つきが女らしくなったからな」

「えっ……！　でも、あんなに密着してたのに、硬いものの感触とかしませんでしたよ」

「処女がこんなのをあてられたら、怖いだろう？　だから、こっそり幻術を使って感覚を違うものに変えていた」

「げ、幻術を……？　いくら私の魔力が弱いとはいえ、ばれないようにできるんですか」

「そのくらいできないと、副筆頭魔導士にはなれないぞ」

幻術はかなり高位の魔術なので、そう気軽に使えるようなものではない。やはり、レッドバーンはすごい。

「まあ、でも、あのときはお前のおかげで助かったよ。ありがとう、シュタル」

合同軍議のときも、本当はシュタルがなんとかしなくても大丈夫だったのかもしれない。しかし、彼はそんなことは口にせずにお礼を言う。こういう彼だからこそ、シュタルは惹《ひ》かれたのだろう。

「それに、お前があのとき、ああ言ってくれたおかげで、今の俺はこういうことができるんだ。元々、軍議が終わったら求婚するつもりではいた。でも、普通に求婚していたら、絶対に初夜まで手を出さないと考えていたからな。この宿をとっても、一緒に風呂に入ろうなんてしなかったと思う」

そう言って、レッドバーンはシュタルの胸を大きな手で包みこむ。にゅるん、にゅるんと腕よりも丁寧に洗われると、たちまち先端が尖った。

「……っ、あっ」

レッドバーンの指先が胸の先端をつまむ。軽く引っ張られながらくりくりと指の腹でこねられて、腰がびくびくと震えた。

「やぅ、ん、はぁ……」

普通に触れられるのも感じるが、ぬるついた手で触れられると、また違った感触がする。

「んふぅ……っん」

丹念に胸を洗ったレッドバーンは、今度は足に手を滑《すべ》らせた。こちらも、それこそつま先まで丁寧に洗う。

お尻の谷間まで触れられた。そんな部分を誰かに触れられるのは初めてで、シュタルは硬直してしまう。

そして、彼が触れていないところは残すところ一カ所となった。その場所は石鹸《せっけん》ではないものですでにぬるついている。

「ここにも触れたいけど、中に泡が入ったら大変だからな。シュタル、ここだけは自分で洗ってくれ」

そこはすでに熱を帯びており、シュタルの体のためとはいえ、触れてくれなかったことを残念に思ってしまう。

シュタルは石鹸《せっけん》で泡を作ると、おずおずとそこに手を伸ばした。いつも体を洗うときは何も感じないのに、触れた瞬間に声が漏れてしまう。

「んぅ！」

まるで自慰《じい》を見せているみたいだと赤くなりながら、そこを洗った。レッドバーンがごくりと喉《のど》を鳴らす。興奮した様子の彼とシュタルの視線が交わった。

「ぁ……」

恥ずかしい姿を見られている――そう思うと、余計に奥から蜜が溢れ出てくる。指の動きを止めたいのに、気持ちが昂《たか》ぶって何度もそこを往復させてしまった。

「ふぁ……、ん」

泡と手で隠れているので、大切な部分は彼には見えない。しかし、それよりももっと恥ずかしい行為を見られている。

シュタルの体がびくびくと震え始めると、レッドバーンはおもむろに手桶《ておけ》に湯を汲み、泡を流してしまった。何度もお湯をかけられるうちに、体を隠していた泡はすべて落とされる。

そして、秘部にそえていた手を掴まれ、レッドバーンの顔が濡《ぬ》れた場所に埋められた。

「ああっ！」

触れて欲しいと思っていた部分に予想外の刺激を与えられて、シュタルは大きな声を出してしまう。自分で触れるよりも、何百倍も気持ちよかった。

「んっ、あっ……」

レッドバーンは膨らみにそって、丹念に舌を這《は》わせる。やがて彼の唇は、蜜を溢れさせる秘裂の上にある秘芽《ひが》を捕らえた。

「っう！」

シュタルの腰が浮き上がる。

レッドバーンはその敏感な部分に、そっと歯を立てた。雷に打たれたかのように、びりびりとする快感がシュタルの体を突き抜けていく。

柔らかな唇で食《は》まれ、尖らせた舌先でつつかれ、歯を立てられ――彼の唇に翻弄《ほんろう》されているうちに、高みに昇りつめる。

「――っ！」

あっけなく果てて、体の力が抜けたシュタルは、そのまま人形みたいにレッドバーンに頭を洗われ、浴槽《よくそう》に入れられた。レッドバーンも自身の体を洗い、一緒の浴槽《よくそう》に入ってくる。

彼のものは、ずっと反《そ》り返ったままだった。いまにもはち切れそうで、心配になってしまう。

しかし彼は浴槽《よくそう》でシュタルを抱くことはなかった。中に湯でも入ったら大変だと、胸を揉《も》むばかり。

「兄様っ……、私、のぼせてしまいそう。……上がりませんか？」

焦《じ》らされたシュタルがそう言うと、レッドバーンは「ああ」と短く答え、二人は浴場を出た。

風邪を引いてはいけないと、レッドバーンはシュタルの体を丹念にタオルで拭《ふ》いた。風呂場でも体の中に泡や水が入ったら大変だとか言っていたけれど、そこまで気にするのなら最初から一緒に風呂など入らなければよかったのに……とシュタルは思ってしまう。

しかし、レッドバーンのその変に真面目なところも、大好きだった。

火照《ほて》った体も、拭《ふ》き終わるころにはだいぶ落ち着きを取り戻していたが、浴室を出てベッドの上で口づけを交わすと、再び秘所が蜜をこぼし始める。

ここなら、レッドバーンが自分を抱くことを阻《はば》むものは何もない。今度こそ彼に抱いてもらえると、シュタルは歓喜に胸を震わせた。

「んっ……」

レッドバーンはシュタルの胸の頂《いただき》を指でつまみ上げた。

「ここ、どう触られるのが一番感じる？」

こりこりとこねながら、レッドバーンが訊《たず》ねてくる。前にも似たようなことを聞かれた気がすると思いながら、シュタルは答えた。

「んうっ、あ……。……どれも、選べないです……んっ」

押されるのも引かれるのも指の腹で潰されるのも、どれも違った感覚で気持ちがよい。

「でも……っはぁ、ここ、触っても、兄様は……んふぅ……はっ、別に気持ちよくはないんじゃないですか……？」

「そんなことはないぞ。俺はここを引っ張るのが好きだ。だってほら、すごくいやらしい形になる」

そう言って、レッドバーンは胸の先端をつまんで軽く引く。すると桜色のそこは、彼の言うとおりいやらしい形になった。

「あっ、ん」

「興奮するし、お前が色っぽい声を出すのも嬉しい」

レッドバーンの指の動きにあわせて、胸の頂《いただき》から刺激が広がっていく。シュタルが内腿《うちもも》を擦《す》りあわせると、レッドバーンの手が足の付け根に伸ばされた。

「こっちも触っていると、どんどんいやらしくなってくる」

「っあ！」

レッドバーンの指が秘裂をなぞる。すでに蜜を滲《にじ》ませていたそこは、くちゅりと淫猥《いんわい》な音を立てた。

「まず、ここが少し膨らんできて」

指先が淫唇《いんしん》をつつく。熱を帯びたそこはふっくらとしていて、レッドバーンの指を押し返した。

「ここが硬くなって……」

「ああっ！」

次に彼は秘芽《ひが》に触れる。ぷっくりと膨れた蕾はしこり、シュタルの体に甘い痺《しび》れが走った。

「ここが濡《ぬ》れて、誘うみたいに震え始める。お前の体が俺を欲しがっているように見えるのが、たまらない」

最後にレッドバーンはシュタルの蜜口に指を差しこんだ。ひくりと、内側が小さく波打ちながら、愛液を滲《にじ》ませる。

「そういえば」

レッドバーンは指を挿《い》れたまま、内腿《うちもも》に口づけた。そこには彼がつけた魔紋がある。その紋様をなぞるように舌を這《は》わせ、彼が訊《たず》ねてきた。

「これは、このままでもいいか？　お前の体に俺の魔紋があるってのが……この眺めに、すごくそそられる。それにこれは、お前が俺のものだという証《あかし》だ」

レッドバーンは恍惚《こうこつ》とした表情を浮かべていた。そんな彼を見ると、嫌とは言えなくなってしまう。

「このままで、いいです。それに、魔紋のおかげであのときも助かったわけですし」

「ありがとう、シュタル。……俺のシュタル。俺はお前に触れると、すぐに挿《い》れたくなる。お前はもっと触れられていたいか？」

指をぐるりと回しながら、レッドバーンが囁《ささや》きかけてきた。シュタルはぶんぶんと首を横に振る。浴室にいたときからずっと彼が欲しくてたまらなかったのだ。指も気持ちいいけれど、今すぐにでも繋《つな》がりたい。

「そうか」

レッドバーンは口元をゆるませた。指を引き抜き、そこについた蜜を自身に塗りつけると、蜜口にあてがう。

「――ぅあ！」

ぬるんと、剛直が一気に奥まで入ってきた。すっかり彼のものに馴染《なじ》んだ内側は、嬉しそうに絡みつく。

「……シュタル……」

レッドバーンは気持ちよさそうにシュタルの名を呼んだ。返事をするように、シュタルも呟く。

「兄様……」

「兄様じゃなくて、名前を……。……いや、結婚したんだから、旦那様って呼んでみてくれるか？」

「え？」

突然のお願いに驚きながらも、言われたとおりに口にする。

「旦那様」

「……ッ！」

ぴくんと、シュタルの中で彼のものが反応し、一回り大きくなった。

「んあっ！」

「それ、すごくいい……」

レッドバーンは甘えるみたいに頬ずりしてきた。彼が喜んでくれたことが嬉しくて、シュタルは何度も言いたくなる。

「旦那様、旦那様……っ」

そう呼ぶたびに、レッドバーンの腰が震えた。

「シュタル……！」

レッドバーンの腰の動きが激しくなる。腰を突き挿《い》れられる衝撃で揺さぶられて弾《はず》む胸の先端を、彼は口に含んだ。そして、ちゅうっと音を立てながら吸う。

「ふぁあ……っ、ん、旦那様……」

自然とシュタルの腰も揺れた。お互いに腰が動き、擦れあった部分から甘い快楽が全身に広がっていく。吸われている乳首がじんじんと疼《うず》いた。

胸を吸われるのも気持ちいい。しかし、彼の唇をもっと別の場所も欲していた。

「旦那様、あの……っ」

シュタルは口を開き、ちらりと赤い舌を覗かせる。その可愛いおねだりに応え、レッドバーンが口づけてくれた。伸ばした舌を吸い上げられ、彼の口内に導かれる。

「んむっ、ん……」

舌を絡ませあいながらも、レッドバーンの腰の動きは止まらない。

やがて彼は、ある一カ所を擦ったときにシュタルが強く反応することに気付いたらしい。そこにぐりぐりと肉棒を擦りつけられ、シュタルの舌が縮こまる。

「んむっ、んっ、んんっ！」

いいところを見つけたと言わんばかりに、レッドバーンはそこめがけて腰を動かす。彼は激しく揺り動かしたりするだけでなく、焦《じ》らすようにゆっくりと腰を振ったりもした。その動きのあとに、ぐんと強く突かれると、奥のほうがきゅっとしまる。

「んっ、んっ、あ……、――っ！」

レッドバーンの腰の動きに高みまで連れて行かれて、シュタルは達した。彼女の内側は大きくうねりを上げ、その強いしめつけにレッドバーンもたまらず精を放つ。

「……ッ、あ」

どくどくと、大量の白濁《はくだく》が注がれた。そのすべてを呑みこむかのように、肉壁は奥へ向かって波打つ。

「シュタル……俺の、花嫁」

レッドバーンは嬉しそうに呟くと、シュタルの額《ひたい》にキスをした。シュタルはまだ悦楽《えつらく》の波に漂《ただよ》っている。

彼のものは、波打つ蜜壷の中で再び硬さを取り戻していった。しかし快楽を求めて動くことはなく、シュタルの意識がはっきりするのを待つ。

「……ん」

焦点のあわなかった瞳が、ようやくレッドバーンの顔を捉えた。

「大丈夫か？」

「は、はい、旦那様」

「――ッ」

自分がそう呼べと言ったはずなのに、不意打ちを食らったレッドバーンのものがぴくりと震える。その拍子に、こぽりと白濁《はくだく》が結合部から流れ落ちていった。

「シュタル……」

レッドバーンはシュタルをぎゅっと抱きしめると、くるりと体を反転させ、レッドバーンが下、シュタルが上という体勢になった。挿入したまま体位を入れ替えられて、シュタルは背筋をのけぞらせる。

「んうっ……！」

下になったレッドバーンが腰を突き上げてくる。ずん、ずんと体が持ち上げられては自重《じじゅう》で沈んでいく感触に、達したばかりのシュタルの体は激しく反応してしまう。

「あぁっ！　んっ！　っく、あ」

シュタルの体から精液と愛液の混じりあった液体がこぼれ落ち、レッドバーンの鍛《きた》えられた腹筋や内腿《うちもも》を汚していった。

「……ッ、下から見上げるお前も綺麗だな」

身長差から、いつもはレッドバーンがシュタルを見下ろす形となるし、いままで交わったときも正常位と後背位で、彼がシュタルに覆いかぶさる形だった。

しかし今は逆で、新鮮な感じがする。

「やあ……っ、ん、兄様……」

「兄様じゃなくて」

「……んっ、レッドバーン様っ、旦那様……ぁ」

「お前にそう呼ばれるのは、たまらない」

レッドバーンは恍惚《こうこつ》とした表情を浮かべた。

下から腰を突き上げられて、形のよい胸が大きく揺れ、シュタルの銀の髪が広がってきらきらと流れ落ちていく。

「下からの眺めはいいが、お前の悦《よろこ》ぶ場所を上手に擦れないな。……こっちをよくしてやる」

レッドバーンは自身の下腹部に手をあてる。そうすると、シュタルの体が沈むときに秘芽《ひが》が彼の指の関節にあたった。

「んうっ！　やっ、これっ、んっ、ああ！」

最奥を穿《うが》たれ突き上げられるのもいいけれど、自重《じじゅう》で沈むときに、一番敏感な部分がレッドバーンの指に押しつぶされるのがたまらなかった。強い衝撃に、シュタルは目の前に火花が散るような錯覚におちいる。

「……っああ、にいさ……旦那様っ、これっ、だめぇ……！」

「ッ、そうか？　俺には、気持ちよさそうに見えるが？」

「よ、よすぎて、だめなの……っ！」

そう言われても、レッドバーンの腰は止まらない。

「だ、だめ、もう、私、私——っ」

シュタルは大きくのけぞった。秘所から飛沫《ひまつ》が上がり、レッドバーンの下腹と手を濡《ぬ》らす。

「あっ、んっ、ああ……」

柔肉《やわにく》がひくひくと細かく波打った。

女性は続けて達することができるが、男はそうはいかない。強い快楽を受けたものの、彼は精を吐き出したりはしなかった。まだこの内側を味わいたいとばかりに、貪欲に己を擦りつけてくる。

「んっ、あぁ……っ、あっ」

「シュタル、シュタル……！　俺のシュタル……」

レッドバーンは欲望の赴《おもむ》くままに腰を揺らす。何度も絶頂に導かれ、ようやく彼が二度目の吐精をしたとき、シュタルの意識は遠のいていった。

微《かす》かな水音に、シュタルは目を覚ます。

ふと隣を見ると、ベッドにはレッドバーンの姿がなかった。どうやら、風呂に入り直しているようだ。汗をかいてしまったし、シュタルもまた入浴したい。

少し体が重いけれど、シュタルは大量に注ぎこまれた精をかき出して、水に濡《ぬ》らした布で清めてから、ベッドを出て服を着る。そして、テーブルに用意されていた水差しの水をつぎ、喉《のど》を潤《うるお》した。

座って休んでいると、レッドバーンが風呂から出てくる。

その彼の姿を見て、シュタルは硬直した。なんと、レッドバーンは全裸のまま風呂場から出てきたのだ。

「なっ……！」

「ん？　起きたのか？」

レッドバーンは全裸のまま近寄ってくる。

「な、な、なんで服を着てないんですか……！」

顔を赤くして、シュタルは訊《たず》ねた。

「着替えを持っていくのを忘れた」

「でも、タオルを巻いてくればいいですよね？」

「どうせすぐ着るんだから、別にいいだろ。……というか、お前、そんなこと言いながらずっと俺の体を見てないか」

「……っ！」

レッドバーンの指摘どおり、シュタルは顔を赤くしつつも、彼の逞《たくま》しい体から目を離せずにいた。彼の裸など何度も見ているはずなのに、ついつい見てしまう。もしかしたら自分はいやらしい女なのかもしれないと、シュタルは火照《ほて》った頰を押さえた。

「減るものではないから、別にいいけどな。もっと近くで見てみるか？」

「い、いえ、結構です」

結構ですと言いながら、シュタルの視線は彼の下腹部に向けられていた。いつもは硬く上向きになっているそれは、今はぶら下がっていて、とても柔らかそうだ。

シュタルの視線の先を追って、レッドバーンは苦笑した。

「そんなに珍しいか？」

「だって、その状態はあまり見たことがなくて……」

レッドバーンがシュタルを抱こうとして裸になるときはすでに昂《たか》ぶっているし、情事が終わるときにはいつも、シュタルは気を失うように眠ってしまう。

もう何度も体を重ねて、結婚までしたというのに、シュタルは平常時の男性器を見たことがほとんどなかった。

「ああ、そう言われてみれば、そうかもな」

「その状態から、どうやってあんな風になるんですか？　大きさも全然違いますよね……？」

自分の体にない器官だから、シュタルは不思議で仕方がない。魔導士特有の知的好奇心が刺激されて、純粋な気持ちで聞く。

「そんなに気になるか」

「はい」

「いっそのこと、触ってみるか？　すぐ大きくなるぞ」

「……っ！」

シュタルは息を呑む。拒否しようとしたものの、この状態の手触りがどのようなものか気になってしまい、ふらふらと彼に近づいていった。床に膝をつくと、顔の目の前に男性器がくる。

「失礼します」

そっと手を伸ばして触れてみる。お風呂上がりだからか、ほかほかと温かい。その部分は予想以上に柔らかくて、シュタルは驚いた。

「こんなに柔らかいんですか？」

「普段はそうだな」

「結構面白い手触りですね」

柔らかくて温かいそれは、触っていると楽しい。しかも弾力がある。ふにふにと彼の大事な部分を両手で弄《もてあそ》んでいると、ぴくりと震えたそこが太くなった。

「……！　少し、大きくなった？」

「好きな子に触れられたら大きくなるさ」

柔らかかったそれは質量を増し、触りごたえが出てくる。先ほどまでは触れれば指先が沈むくらいに柔らかかったけれど、今は指が押し返された。

そっと握ってみると、ただぶら下がっていた彼のものが、どんどん上向きになってくる。太くなるだけではなく、長さも伸びた。

「ど、どういう仕組みになってるんですか……？」

体の一部がここまで変化するなんてとシュタルは驚く。太くなるだけならまだしも、伸びて長さが変わるなんて未知の領域だった。

「すごく面白いです」

つるっと丸まった先端や、陰嚢《いんのう》に続く部分を興味津々《きょうみしんしん》に指先でなぞっていると、そこはいつもの見慣れた形状に変化した。血管が浮き出て脈打っている。

「こんな風に大きくなるんですね……」

シュタルは感心したように頷いた。

「満足したか？」

「はい！」

「じゃあ、これをどうするつもりだ？」

反《そ》り返った彼のものは、シュタルを求めて打ち震えている。

レッドバーンには下心があった様子だが、シュタルの知的好奇心の火はともったままだった。

「大きくなる瞬間は見たので、小さくなる瞬間も見たいです！」

無邪気に言われて、レッドバーンは呆気にとられる。

「はあ？」

「このままにしていたら、どんどん小さくなっていきますか？」

「無理だ！」

レッドバーンは即答した。確かに放置すればおのずと鎮《しず》まるけれど、こんな状態にされて大人しくしていろだなんて、とんだ生殺しである。

「小さくするためにはまた手伝ってもらう必要がある。俺の言いたいこと、分かるよな？」

「は、はい……多分」

シュタルは膝をついた体勢で、こくりと頷いた。

「そういえば、俺も見たいというか、試してみたいことがある」

レッドバーンはシュタルを抱き上げると、ベッドではなくテーブルの上に乗せた。そして服を脱がさないまま、下着だけを剥《は》ぎとる。

レッドバーンはシュタルの両足の膝を立てる形で開かせた。その中心は、先ほどの名残《なごり》と、新しい蜜が滲《にじ》んでいる。

「ま、待ってください！　テーブルが汚れてしまいます。せめてベッドに……」

ベッドはともかくとして、宿のテーブルでそういうことをしてはいけない。シュタルはぶんぶんと首を振った。だが、レッドバーンが聞き入れる様子はない。

「このテーブル、いいテーブルだよな？　この部屋を借りる客はなかなかいないらしいし、しかも久々の客が国の副筆頭魔導士だからか、今日のために新調したそうだぞ。気に入ったら買い取ってくれて構わないと言われているし、俺もそのつもりだから、安心しろ」

「え……？」

レッドバーンはテーブルをぽんと叩く。

確かに素敵なテーブルだとはシュタルも思うが、高そうである。

しかしレッドバーンは、テーブルを買い取ることと、ここでそのまますることを、すでに決めたようだ。

「女性のここは、剥《む》けるらしいな」

そう言って、レッドバーンはシュタルの秘芽《ひが》を指先でつんとつつく。

「あうっ！」

シュタルの肩が大きく跳ねた。秘芽《ひが》は慎《つつ》ましく皮に包まれている。

「痛かったら言ってくれ」

レッドバーンは爪で傷つけないように、指先で慎重に皮を下ろしていく。つるんと皮が下がり、濃い桃色の粒が出てきた。

「ああっ！」

今まで守られていた部分が外気に触れ、シュタルは目を瞠《みは》る。

「痛くないか？」

「痛くはないですけど……んっ、なんか、すこし、ぴりぴりするというか……」

「痛くないなら続けるぞ」

レッドバーンは現れた部分にそっと舌先で触れた。その瞬間、シュタルの体に衝撃が走る。

「……っんあ！」

びりっと、強い衝撃が腰を突き抜けていった。レッドバーンの舌が動くたび、びりびりと体が痺《しび》れる。

「んうっ、あっ、やあっ！」

びくびくと腰が何度も浮いた。しかも、腰を浮かせたことでシュタル自らレッドバーンの顔に秘部を押しあててしまう体勢となる。

「やっ、ああっ、んっ」

奥からどんどん蜜が溢れてくる。レッドバーンは秘芽《ひが》だけを舐《な》めていたはずだったが、シュタルが腰を顔に押しつけてくるので、鼻先から口周りまでべとべとに濡《ぬ》れていた。

「……大丈夫そうだな」

シュタルの蜜口はひくひくとわなないていた。指を挿《い》れなくても、その内側がとろとろに柔らかくなっていることは安易に想像できるだろう。

レッドバーンはテーブルと対になっている椅子に腰を下ろすと、シュタルの手を引く。

「おいで」

「……っ」

シュタルはテーブルから下りると、向かいあったまま椅子に乗ろうとした。

「挿《い》れられそうか？」

「さ、支えてください」

「了解」

レッドバーンはシュタルの腰をしっかりと支えた。昂《たか》ぶった先端を蜜口にあてがい、シュタルは腰を下ろしていく。

「――っ！」

シュタルが首筋をのけぞらせた。自重《じじゅう》の分、奥深くまで彼のものが入ってくるし、いつも以上に密着する。

「つはぁ、んっ……ふぁ」

椅子に全裸で座っているレッドバーンと、下着以外は身につけている自分。この状況に、頭がくらくらした。

「シュタル」

レッドバーンがシュタルの後頭部を押さえて、口づけをしてくる。

「んむっ……」

舌を絡ませあうと、彼はゆっくりと腰を突き上げた。がたっと、木の椅子がきしむ音が余計に情欲を煽る。

「……はっ、あぁ……ん」

椅子に座ったままでは動きにくいのか、レッドバーンの腰の動きはゆるやかだった。粘膜《ねんまく》が擦れあうたびに快楽が生まれるが、シュタルは焦《じ》らされている気分になる。

「あ……ぅ、ん」

シュタルは積極的に腰を揺らした。ぐちゅっという水音と、椅子のきしむ音が響く。けれど、望んだような快楽を得られなかった。

「……兄様……っ」

シュタルは涙目になってレッドバーンを見つめた。そんなシュタルの様子を、レッドバーンは機嫌よさそうに眺める。

「これじゃ物足りないか？」

シュタルのほうから求めてくることが嬉しいのだろう、レッドバーンは微笑んだ。

「……っ」

こくこくとシュタルが頷く。

レッドバーンは片手をシュタルの腰に回し、もう片方の手を結合部に伸ばした。男らしい指先が、剥《む》き出しになった秘芽《ひが》に触れる。

「はぁん！」

ぴくりとシュタルがのけぞった。

「ここを触ると、どうだ？」

「んっあ、……っ、んっ、ああ！」

シュタルの内側が大きく収縮する。

皮を剥《む》かれ、いつもより敏感になった部分を指先でこねられ、シュタルの蜜壷は愛液をこぼしながらぎゅうぎゅうと彼のものに絡みついた。その状態で軽く突き上げられると、頭の天辺《てっぺん》からつま先まで、強い愉悦《ゆえつ》がかけ抜けていく。

「挿《い》れながらここをいじられるのが、好きなんだろう？」

「やっ……ん、言わない、で……」

「お前が可愛いから、却下」

レッドバーンが指の腹で花芯《かしん》を押しつぶすと、あっけなくシュタルは果て、ぎゅううと熱塊《ねっかい》をしめつける。

レッドバーンはうっとりとした表情を浮かべ、熱い吐息を漏らした。汗の滲《にじ》んだ首筋に風を感じたシュタルは、ぴくりと身をよじらせる。

「続きはベッドでするか。しっかり掴まってろ」

そう言うと、レッドバーンはシュタルの膝裏に腕を差し入れて、繋《つな》がったままの状態で立ち上がる。

「――っ！」

達したばかりなのにずんと深い部分まで突き上げられ、絶頂の余韻に浸る暇もなく、シュタルは現実に呼び戻された。レッドバーンが歩を進めるたび、ずん、ずんと中心を貫《つらぬ》く感触がして体が震える。

「やあっ、……っあは……っ」

「あと少しだ、頑張れ」

レッドバーンは時折わざと腰を突き上げつつ、ベッドまでシュタルを運んだ。そこでやっと己を引き抜き、シュタルをベッドの上に横たえて服を脱がせる。

「ああ……」

彼を受け入れていた蜜口はぱっくりと開き、蜜を垂らしていた。

レッドバーンはシュタルの腕を掴むと、シュタルの秘部に導く。

「この前の発情期のときみたいに、俺の名前を呼びながら自分でここを弄《いじ》ってくれないか。……あれ、すごく興奮するから」

「そ、んな……」

「もっと気持ちよくなりたいだろう？　……俺も、なりたい」

ベッドの上で膝立ちになったレッドバーンの下腹部では、シュタルの愛液でてらてらと濡《ぬ》れた怒張が反《そ》り返っている。

あれが欲しい、体の内側に埋めてもらいたい……と、シュタルは羞恥心《しゅうちしん》をかなぐり捨て、皮を剥《む》かれた部分に手を伸ばした。そこに指先が触れれば、やはり体が痺《しび》れる気がする。

「……っはぁ、……ん、レッドバーン様……」

秘裂をひくつかせながら、シュタルは秘芽《ひが》をこりこりと弄《いじ》った。ごくりと、レッドバーンが喉《のど》を鳴らす。

「……この眺め、たまらないな」

レッドバーンは内腿《うちもも》の魔紋を指先でなぞってから、再びシュタルに己を突き挿《い》れた。その衝撃に、シュタルの指の動きが止まる。

「駄目だ、止めないで続けてくれ」

「つあ、……はい……っ」

言われるままに、シュタルは指先を必死で動かした。その様子を眺めるレッドバーンの表情は愉《ゆ》悦《えつ》に満ちている。血に濡《ぬ》れたような赤い瞳が、情欲を灯していた。

「普通にするのもいいけど、……ッ、シュタルがいやらしいことしてるのを見ると、腰にくる」

興奮しているらしき彼の声色に、シュタルの指の動きが速くなる。絶頂感に背中を押されたレッドバーンは強く腰を揺らし、最奥を思いきり突く。

「あっ、やあっ！」

「シュタル……っ、好きだ、愛してる……」

荒々しく口づけながら、レッドバーンはシュタルの中に精をまき散らした。どくどくと、奥まで満ちていく感触に、シュタルは体を震わせる。

「――っああ……！」

またもや絶頂に導かれたシュタルは、彼のものを強くしめつける。一滴残らず搾り取られたレッドバーン自身、ひくりひくりと脈打っていた。

「シュタル……まだだ。これじゃまだ元に戻らないぞ。ほら」

そう言ったレッドバーンは、硬いままの肉杭をぐるりと回した。

「……っ、はぁん」

「これが元に戻るところを見たいのなら、もっと頑張らないとな」

彼は力なく投げ出されたシュタルの手を掴むと、その指先に舌を這《は》わせる。

そう、それは先ほどまでシュタルが自身の蕾に触れ、蜜で濡《ぬ》れた指だ。

「……ん、うまい」

ぺろぺろと、レッドバーンは美味《おい》しそうにシュタルの指を舐《な》めた。

「ひぅ、あ」

「シュタル……好きだ」

「……っん、私も……っ」

レッドバーンの腰が、再び抽挿《ちゅうそう》を始める。

そのあとシュタルは抱き潰されてしまい、彼のものが平常時に戻る瞬間を見ることができなかった。


「……シュタル、そろそろ起きろ」

「ん……」

名前を呼ばれてシュタルが目を冷ますと、すぐ目の前にレッドバーンの顔があった。とっくに目覚めていたのだろう、彼は優しい眼差しでシュタルを見ている。

二人は身支度を調《ととの》え、朝食をとったあとに宿を出た。その際、レッドバーンは支配人と交渉をして、テーブルと椅子を買い取っていた。後日、新居に届けてもらうようだ。

今日は休みをとっていたが、新居に必要な物を買いに行く予定である。事前にある程度は買い揃えていたし、テーブルと椅子も買ったけれど、式の準備で忙しかったせいで、用意できていない物もあるのだ。

二人は仲よく手を繋《つな》ぎながら、商店街に向かう。

「明日からは、早く起きないとな」

「そうですね」

新居はなるべく王宮から近い場所を選んだが、それでも魔導士棟の中にある寮《りょう》にいた時と比べれば、移動に時間がかかる。

「それに、私も料理を勉強しないと。村にいたころは母の手伝いをしていましたが、王都に来てからはずっと食堂を使っていたので……」

そう、シュタルはこの六年間、まったく料理をしていない。魔導士寮には食堂があり、三食を提供してくれるので、わざわざ料理をする必要がなかったのだ。

しかし寮《りょう》を出るとなれば自分で作らなければならない。それがどうしてもシュタルは不安だった。

けれど、レッドバーンは笑って言う。

「朝は祝福の儀のあとに朝食だから、寮《りょう》の食堂で食べるだろ？　昼もそう。夜だって食堂で食ってから帰ればいい。そうしている魔導士夫婦もいるぞ」

「ええ……それでいいんですか？」

「いいんだよ。宮廷魔導士は寮《りょう》にいようがいまいが、食堂を利用する権利がある。いきなり全部をやろうと無理する必要はない。それに料理だって何も見ずに作れなんて言わないぞ。本のとおりに作ればいい」

「本の……」

「そう。初心者用に、煮こみ時間や焼き時間まで細かく記載された本がある。料理なんて魔術の儀式と一緒だ。むしろ儀式のほうが少しも間違えられないからな。料理は多少は融通《ゆうずう》が利くし、そもそも書いてある分量を書いてある手順でやればいい。俺も本を見ながらなら、料理ができる」

そう言われると、確かにそこまで難しくないのかも……という気分になってくる。

「普段も薬草を刻むのにナイフを使ってるし、食材を切るのだってそこまで難しくはないんじゃないか？　肉だって、さばいてあるのを買えばいい」

レッドバーンの台詞《セリフ》を聞いていると、どんどんシュタルの中の不安が薄れてきた。

「それに、料理を全部お前に任せるつもりはない。無理はしないで、時間があるときに一緒に作って練習しよう。二人で夫婦なんだからな」

レッドバーンがシュタルの顔を見つめる。

夫婦というのは、妻が料理を作るものだとばかり思っていた。両親はもういないけれど、シュタルの家もそうだったし、それが一般的だろう。

しかし、一緒にと言われて、一人で頑張る必要はないのだと心が軽くなる。

「……兄様、理想の旦那様です」

「だろう？　高給取りだし、こんないい夫はいないぞ。夜だってお前のためにいっぱい頑張るから」

「……っ！」

昨晩の情事を思い出し、シュタルの顔が一気に赤くなった。

「もう！　兄様ったら……」

せっかくいい話をしていたのにと、レッドバーンを軽く睨《にら》む。彼はにやにやと意地の悪そうな笑みを浮かべていた。

それから目的の店につくまで、会話が途切れる。

けれど、繋《つな》がれた手を離すことはなく、シュタルの心はぽかぽかと温かいままだ。肩を並べて料理をするところを想像して、彼との新婚生活が楽しみになった。

エピローグ

「いろいろと調べて考えてみたんだが、今ならお前の呪いを解呪できるかもしれない」

シュタルとレッドバーンが結婚してから一ヶ月後。新婚ということもあってか、二人は五日ほどの休暇をもらうことができた。筆頭魔導士のオズが取り計らってくれたらしい。

その初日の朝、レッドバーンの言葉に驚いたシュタルは、手に持っていたスプーンを落としそうになった。

休暇中だから食事は自分たちで用意せねばならず、本日の朝食は買ってきたパンと、二人で一緒に作った野菜のスープだ。

料理の本を見ながら、肩を並べて作ることはとても楽しかったし、美味《おい》しくできたと思っていたものの、予想もしていなかった話に動揺したシュタルは、せっかくのスープの味が分からなくなってしまう。

「に、兄様。それって……」

どもりながら、シュタルは訊《たず》ねた。

ちなみに、結婚して一ヶ月が経つものの、六年間も「兄様」と呼んでいたせいか、なかなかその癖が抜けない。レッドバーンも「夫婦となっても師弟関係は続いているし、好きに呼んでくれて構わない」と言ってくれたので、シュタルはそのまま兄様と呼んでいた。

困惑しきりのシュタルに、レッドバーンは説明を始める。

「お前、俺の魔紋をつけたままでいいって言ってくれただろう？　その魔紋を維持するために、俺の魔力がお前の中に流れている。しばらくそうしていたおかげで、俺とお前の間に魔力の道ができた。しかも、何度も肌を重ねているから、俺とお前の魔力の繋《つな》がりは強いものになっている」

真面目な話をしているのだが、何度も肌を重ねていると言われると、昨晩の激しい情事を思い出してしまい、シュタルは微《かす》かに頬を染めた。

明日から休みに入るのだからと、際どいところにまで痕《あと》をつけられたし、何度も何度も、それこそシュタルが気を失いそうになるまで抱かれたのである。明け方にシュタルが身を起こしたときには、驚くくらい大量の精が内側から溢れてきて、それを見て興奮したレッドバーンに再び抱かれたほどだった。

そんなシュタルの動揺を知ってか知らずか、レッドバーンは説明を続ける。

「俺が今まで大がかりな解呪をしなかったのは、体への負担が大きいことと、何より痕《あと》が残るからだ。解呪の痕《あと》はどこに出るのか分からない。顔に出る可能性だってある。だから、お前の体に影響のない範囲で、毎日少しずつ解呪していた」

「はい」

「だが、魔紋のおかげで、俺とお前の間に魔力の繋《つな》がりができている。これで、解呪によりお前にかかる負担を、俺が引き受けることができるわけだ」

「な……！」

シュタルは目を瞠《みは》った。

「兄様、待ってください。そんなことをしたら、兄様が苦しむことになりますよね？」

「そのくらい、別にいいさ。五日もあれば大丈夫なはずだとオズ様も仰《おっしゃ》っていた」

「……！」

そこでシュタルは、この休暇は新婚だから気をつかってもらったわけではなく、自分の呪いを解くために与えられたものだと気付いた。

レッドバーンのことだ、解呪の件をオズに相談していたのだろう。シュタルは、何も知らずに休暇だと浮かれていた自分が恥ずかしくなる。

「でも、痕《あと》が残りますよね？」

以前、コンドラトに見せてもらった腕の痕《あと》を思い出しながら、シュタルは訊《たず》ねてみた。解呪の際につくのは、禍々《まがまが》しい黒い痕《あと》だ。自分のために、大切なレッドバーンにそんな痕《あと》をつけてしまうことには、強い抵抗がある。

「俺は男だからな、別に構わない。それとも俺の顔に痕《あと》ができたら、シュタルは俺を嫌いになるか？」

「そんなことはないです！　顔に痕《あと》がついても、それこそ顔が潰れても、兄様は私の大切な旦那様です」

シュタルはぶんぶんと首を振る。

「さすがに顔は潰れないぞ」

レッドバーンは苦笑した。

「六年間、毎日欠かさず解呪をしてきただろう？　でもな、不安だった。合同軍議で牽制《けんせい》はしているが、突然戦争が始まる可能性だってある。そうなったら俺は戦地に行く前に、お前に痕《あと》をつけてでも解呪の儀式をしなければならない。帝国軍が動く気配は今のところなくても、不安材料は取り除いておきたいと思っていた。お前のためだけじゃない、これは俺のためでもあるんだ」

レッドバーンはシュタルを見つめた。深紅《しんく》の目が微《かす》かに細められる。

「シュタルのことだから、自分が苦しむより、俺が苦しむ姿を見ているほうが辛いよな？　それを分かっていて、俺はお前に請う。どうか、解呪をさせてくれ」

「……っ！」

実際に辛い思いをするのも、痕《あと》が残るのもレッドバーンのほうだというのに、彼はシュタルのことを気にかけてくれた。そんなレッドバーンの優しさに、熱いものが胸の奥からこみ上げてくる。

そして、それほどまでの思いを無下《むげ》にするなど、シュタルにはできなかった。

シュタルだって、レッドバーンに辛い思いをさせたくないし、ましてや彼の美しい顔に痕《あと》でも残ったら悔やんでも悔やみきれない。

けれど、彼がどれほど自分を愛してくれているのか、分かっていた。

レッドバーンとて、シュタルが苦しむことは嫌なのだ。目立つ場所に痕《あと》が残ろうものなら、彼は一生自分を責め続けそうだ。

それに、この休暇が解呪のために与えられたのであれば、首を横に振ることなどできない。

「分かりました、お願いします」

シュタルが頭を下げると、レッドバーンが微笑む。彼があまりにも嬉しそうな顔をするものだから、胸がしめつけられる思いがした。


人間の解呪には、本来なら大がかりな儀式が必要となる。

新居には魔術用の部屋を設《もう》けており、レッドバーンは事前に用意していたのか、その広い部屋に何枚もの羊皮紙《ようひし》を用《もち》いて、大きな魔法陣を描き上げていた。

「解呪の際には生贄《いけにえ》として獣の血を捧げるが、実はその血で魔法陣を描いたほうが効果が強くなる。その分、要求される魔力の量も多くなるから、普通の魔導士にはできないんだがな。だから俺も、仕事で解呪をするときは贄《にえ》の血で魔法陣を描かずに、手本どおりに行っている。力量の足りない魔導士に真似《まね》されても困るしな」

こんなときでも説明をしてくれるのがレッドバーンらしい。彼は夫であるが、魔導士としての師匠でもあるのだと、シュタルは改めて思った。

以前、魔術においては機転が利くとレッドバーンから言われたけれど、それはこうして彼がいろいろと教えてくれるおかげだ。本を読むだけでは学べないことを教えてもらえるから、どんどん知識が広がっていく。シュタルは、彼が自分の師匠である幸運を感謝した。

「よし、準備が終わったぞ。シュタル、その魔法陣の中心に立て」

魔法陣やら器具やらを並べ終わったあと、レッドバーンはそう指示を出した。シュタルは言われたとおりに魔法陣の中心に立つ。

「では、始めるぞ」

レッドバーンが呪文を唱え始める。それは解呪の呪文とは違い、シュタルが今まで聞いたことのないものだった。

「あ……っ」

急に内股が熱くなり、シュタルは服の上からそこを押さえる。おそらく、魔紋が熱を持ったのだ。

次いで、レッドバーンは解呪の呪文を唱え始めた。

「……っ、あぁあ……！」

ぞわぞわと、体から何かが抜け落ちていく感覚がする。それと同時に、魔紋がより強い熱を持った。

レッドバーンを見つめると、彼の体が震えている。サラサラの髪は魔力の波動でたなびき、額《ひたい》に汗が滲《にじ》んでいた。

しかし、真っ赤な瞳でシュタルを見つめ、解呪の呪文を止めることはない。シュタルが受けるべき苦痛がその身に襲いかかっているのだろう、レッドバーンは苦し気に床に膝をつく。

それでも彼はまっすぐシュタルを見据えて、呪文を唱え続けた。

「あっ……やぁ、ん……、ぅ、あああぁ！」

ずくりと何か重いものが体から抜け落ちていく感覚がして、シュタルが叫ぶ。

「……く、ぁ……」

放心状態になったシュタルが魔法陣の上に倒れると同時に、レッドバーンもまた倒れた。

「に、兄様……っ」

長年身を蝕《むしば》んでいた呪いが抜け落ちた影響なのだろうか、頭がくらくらする。しかしシュタルは頑張って立ち上がると、レッドバーンにかけ寄った。

「大丈夫ですか、兄様！」

レッドバーンは全身に汗をかいていた。体も熱く、発熱しているようだ。

「……大丈夫だ。ベッドまで……肩を貸してくれ」

「は、はい」

シュタルの助けを借りながら、レッドバーンはなんとか立ち上がるが、その足下はおぼつかない。時間をかけて、やっとのことでベッドまでつくと、彼は倒れこんで気を失ってしまった。

解呪は身体的負担が大きいことは分かっていたけれど、これは本来ならシュタルが受けるべきものなのだ。苦しそうに呻《うめ》くレッドバーンを見て、胸が痛くなる。

せめて彼が少しでも楽になるように尽力しようと、シュタルは心に決めた。

発熱と頭痛、関節痛、そして吐き気。重い風邪のような症状がレッドバーンを襲ったが、三日ほどで彼は快方に向かった。今は熱も下がり、体を動かせる状態になっている。

「このくらいで済んでよかったな」

そのレッドバーンの声は酷く掠《かす》れていて、シュタルは湯冷ましを差し出した。彼はそれを飲み干す。

「兄様が回復して、本当によかったです」

死ぬことはないと分かっていながらも、苦しむ彼を見て気が気でなかったシュタルは、ほっと胸を撫《な》で下ろした。

「世話になったな。お前が看病してくれたから、早く楽になったのかもしれない。夜だって、こまめに汗を拭《ふ》いたり氷嚢《ひょうのう》を取り替えたりして、あまり寝てないんだろう？」

「そんなこと……！　兄様が好きなんだから、そのくらいあたり前です」

妻だからとか、弟子だからというような理由ではなく、「好きだから」なのだとシュタルは言う。それを聞いたレッドバーンは、嬉しそうに笑った。

「そういえば、解呪の痕《あと》はどこにできたんでしょうか？　見る限り、顔や手ではないようですけど」

解呪の儀式を行えば、必ず痕《あと》ができる。しかし、レッドバーンの肌は綺麗だった。

「ああ、それはここだ」

レッドバーンはベッドから立ち上がると、服を脱いで下着姿になる。

すると、内腿《うちもも》に赤黒い痕《あと》ができていた。

「そこは……」

「そう、お前の魔紋と同じ場所だな」

レッドバーンは己の内腿《うちもも》を撫《な》でる。

その痕《あと》は、魔紋とは違い綺麗な形はしていない。しかも真っ黒ではなく、なぜか赤が混じっていた。

「…………」

惹《ひ》かれたかのように、シュタルもその痕《あと》にそっと触れた。ずいぶんとひんやりしている。

この痕《あと》が消えることは、一生ない。人目につかない場所だったのがせめてもの救いだった。

「同じだな」

内腿《うちもも》の痕《あと》を見ながら、レッドバーンは呟く。

「お前の魔紋と同じで、これは、俺がシュタルのものだって印だ」

「……っ！」

「この痕《あと》、俺は嬉しいよ」

そう囁《ささや》くと、レッドバーンは本当に愛《いと》おしそうに痕《あと》を指でなぞった。

「お前の体にこんな痕《あと》ができるのは嫌だけど、お前のために俺に痕《あと》ができるのなら、本望だ」

「兄様……っ」

彼の言葉から自分への深い愛情を感じて、シュタルは胸元を押さえた。胸がいっぱいになる。

互いの体に刻まれた魔紋と解呪の痕《あと》は、二人を繋《つな》ぐ鎖のように思えた。

「ずいぶん汗をかいたからな、久々に風呂に入りたい。準備してくれるか？」

ベッドの縁《ふち》に腰掛けて、レッドバーンはそう言った。シュタルはすぐに動き出す。

「はい、今すぐお湯を入れます」

「それと……一緒に入ってくれるか？」

「はい、勿論《もちろん》で……、えええええ？」

風呂場に向かおうとしたところで、その足が止まる。今、とんでもないことを言われた気がする。

けれど、嫌ではなかったので、シュタルは「分かりました！」と元気に答えて、風呂場に走った。

背後から、嬉しそうな笑い声が聞こえてくる。

レッドバーンはあの赤い目を細めて笑っているのだろう。そして、その内股には赤黒い痣《あざ》がある。

赤い色は、シュタルの村を焼いた炎の色と、両親の流した血を思い出させるけど、それでも——赤は今のシュタルにとって、愛《いと》おしい色になっていた。

後日談「練習」

レッドバーンのおかげで、毎日の解呪の必要はなくなった。もし彼と数日離れることになっても、何の問題もないだろう。

しかし、呪いは解決したものの、発情期とはこれからずっと付きあっていかなければならない。だからシュタルは、一人で発情期を乗り越えられるように特訓する必要があった。

ある日の夜、二人が新居でそのことについて話していると、レッドバーンがとあるものを取り出す。

「気持ちよくなると、シュタルは体の動きが止まるだろう？　だから、これを買ってきた」

それは楕円形《だえんけい》の石だった。大きさは玉子を一回り小さくしたくらいで、色はレッドバーンの瞳と同じ深紅《しんく》だ。

「これ、宝石ですか？」

シュタルは赤い石をまじまじと見つめる。

「この石そのものは、宝石と言えるほど高価なものではない。……そうだ、赤い宝石といえばルビーだな。今度買ってやる」

「えっ。いらないです！」

いきなり宝石を買ってやると言われて、シュタルは咄嗟《とっさ》に拒否してしまった。

「どうしてだ？　シュタルは宝石なんて持ってないだろう？　いい装身具をひとつくらい持っていてもいいと思うぞ」

「だって、ルビーって絶対高いですよね？」

宝石に詳しくないシュタルとて、ルビーの存在くらいは知っているし、王宮を行き交う貴族たちが身につけているのを見たことがある。しかし、ルビーが実際にどれくらいの値段なのかまでは知らなかった。

ルビーだのサファイヤだのダイヤモンドだの、そういった宝石類は高いはずだ。結婚して、新居まで用意したのだから、これ以上余計な出費を増やしたくない。

「ルビーなら安いわけでもないが、買えなくもない。今度、宝石店に連れていってやる」

「ええっ！　でも……」

「明日は休みだし、行くか。……って、話がずれたな。今は、こっちの話が先だ」

レッドバーンは強引に明日の予定を決めると、赤い石をシュタルに握らせた。

「これは、女性魔導士の発情期のために作られたものだ。これを使えば、お前が一人のときでも発情期を乗り越えられると思う」

「これ、どうやって使うんですか……？」

「それを今から説明する」

そう言いながら、レッドバーンはシュタルを抱き上げてベッドへと運ぶ。そして、シュタルの服をあっという間に脱がせてしまった。

すでに夫婦になり、数えきれないほど肌を重ねているけれど、それでも裸体を晒《さら》すことが恥ずかしくて、シュタルは手で胸と下腹部を隠す。

「……こら、あまり可愛い真似《まね》をするな。発情期の練習をする前に襲いたくなる」

「えっ」

「俺の理性が保つうちに始めるぞ。まずは、自分の手でしてみろ」

「ええっ！　兄様の前でですか？」

「そうだ」

そう言ったレッドバーンの口元はゆるんでいる。発情期の練習のはずだが、彼はどこか楽しんでいるようにも見えた。

シュタルはレッドバーンの前で手淫《しゅいん》をすることに抵抗があったけれど、いざというときのために発情期の対策をしておかなければならないことは、自分でもよく分かっている。

「……っ」

シュタルは覚悟を決めると、渡された赤い石をシーツの上に置き、右手をそろそろと秘所へ伸ばし、まだ濡《ぬ》れていない秘裂に指を這《は》わせた。

「ん……っ」

何度か指を往復させると、蜜がうっすらと滲《にじ》んでくる。それを絡めながら指を動かすと、くちゅりと音がした。

淫猥《いんわい》な音にはっとして顔を上げた途端、レッドバーンと目があった。にやついていた彼は、いつの間にか真剣な表情をしている。

その深紅《しんく》の瞳は劣情を孕《はら》んでいた。いつも優しい彼が見せる雄《おす》の顔は、シュタルの心を昂《たか》ぶらせる。

「――っは、あ……んっ」

シュタルは、自分の痴態《ちたい》を見つめるレッドバーンから目がそらせなくなってしまった。とても恥ずかしいけれど、お腹の奥が妙にむずむずして、奥からどんどん蜜が溢れてくる。

ぐちゅぐちゅと、淫猥《いんわい》な水音は大きくなっていった。

「ふぁ……っ、ん」

シュタルは蜜口の少し上にある突起に指を伸ばした。すでにそこはこりこりと硬くなっている。

指先で軽く押しつぶすように触れると、甘い疼《うず》きが腰を突き抜けていった。

「ああっ……！」

花芯《かしん》はとても敏感な場所である。指先で嬲《なぶ》れば嬲《なぶ》るほど、快楽は強くなっていく。

そうしている間も、シュタルはずっとレッドバーンを見ていた。彼がごくりと唾を呑みこむと、男らしい立派な喉仏が揺れる。その様子には途方もなく色気があって、シュタルはどきどきした。

「あっ……あ、兄様……っ」

どんどんシュタルの指の動きが速くなる。

しかし、絶頂に向けて快楽が高まっていくと、愉悦《ゆえつ》の波に呑まれ、シュタルの体は思うように動かなくなってしまった。

「あ――」

気持ちよくなりたいのに、体が言うことをきかなくて、シュタルは涙目になる。

「……シュタル。さっきの石を、気持ちいい部分にあててみろ」

「え……？」

「体液に触れると、お前の持つ魔力に反応して石が動くようになっている。自分では上手に動けなくても、それでなんとかなるはずだ」

「は、はい……」

快楽を求め、シュタルは蜜で汚れていない左手で石を持つと、秘所にあてがった。石は蜜に濡《ぬ》れた瞬間、ぶるぶると細かく振動をする。

「……っあ！」

シュタルは驚いて、石から手を離してしまった。

「驚いたか？　でも、これをあてていれば気持ちよくなれるから、もう少し頑張ってみろ」

レッドバーンは石を拾うと、シュタルに握らせる。

「に、兄様……」

「……くそ。俺がなんとかしてやりたいが、それだと練習にならないからな。――俺も、もう限界がきそうだ。シュタル、頑張れ」

涙目になったシュタルに、レッドバーンは上擦《うわず》った声でそう答えた。彼の下腹部は寝衣をきつそうに押し上げていて、かなり我慢していることがシュタルにも分かる。

このままでは二人とも生殺しだと、シュタルは意を決して、石を再び秘所にあてがった。

人の手では作り出せないような細かい動きに、シュタルの腰を強い快楽がかけ抜けていく。

「やっ、あ……あああぁっ！」

押しあてていればいいだけなので、自分でするよりも簡単に快楽を得られた。ぷっくりと膨らんだ花芯《かしん》に石が触れれば、びくんと大きく腰が跳ねる。

「……っ、ん、あ――、もう、私……っ、やぁ――」

シュタルの足が、ぴんとつま先まで伸びる。手は力を失い、投げ出された石はころんとシーツの上に転がった。

「達したか」

シュタルの痴態《ちたい》を眺めていたレッドバーンが、ベッドの上に乗ってくる。ぎしりときしむ音が聞こえた。

絶頂の余韻で、シュタルはうつろな瞳で、はぁはぁと肩で息をしている。

「……すまない、俺も、もう限界だ」

レッドバーンはそう言うと前をくつろげ、滾《たぎ》った自身を取り出した。シュタルを仰向《あおむ》けに寝かせて膝を割り開き、まだひくついている蜜口に己をあてがう。

「――っん！」

それはぬるりと、簡単にシュタルの中に呑みこまれていった。絶頂を迎えたばかりのそこはとろとろに柔らかく、レッドバーンのものを悦《よろこ》んで受け入れる。

「ッあ、シュタル……っ」

我慢できないとばかりに、レッドバーンは腰を強く突き上げた。

「あっ、ああっ！　んっ！」

絶頂のまどろみから、再び快楽の淵《ふち》に引きずりこまれて、シュタルはぎゅうっとシーツを掴む。

レッドバーンの激しい動きに体を揺さぶられて、形のよい胸が上下に揺れた。それに吸い寄せられるように、彼の唇が胸の頂《いただき》を食《は》む。

「ひあっ……！」

柔らかい媚肉《びにく》が、きゅうっとレッドバーンのものをしめつけた。レッドバーンはたまらず精を放ちそうになるものの、ぐっと堪《こら》える。

「ハァ……っ、シュタル……」

レッドバーンは腰の動きを止めたが、乳首を舌先で嬲《なぶ》り続けた。桜色のそれを彼が甘噛《あまが》みすると、シュタルはぴくりと体を震わせる。

シュタルの尻に手を滑《すべ》らせたレッドバーンは、その柔らかな肉の感触を楽しむ。そうしている間も、彼の手の動きに反応するみたいにきゅうきゅうと蜜口がひくついた。

「兄様……、レッドバーン様……っ」

シュタルはレッドバーンの背中に手を回して、彼にしがみつく。

「ああ、可愛い……」

レッドバーンは顔を上げると、片手で尻を揉《も》みながら、もう片手でシュタルの頭を撫《な》でる。

桜色の可愛らしい唇にねっとりと口づけつつ、彼は再び腰を打ちつけた。奥の奥まで、自分の存在を刻みつけるように強く。

「……っああ！　んっ、あっ、あ――」

シュタルの足がレッドバーンの腰に巻きついた。その瞬間、内側がぎゅっとしまり、レッドバーンは吐精する。

「ああ、シュタル……ッ！」

大きな熱塊《ねっかい》がぶるりと震え、シュタルの中を白濁《はくだく》が満たしていった。吐精により少し萎《な》えたからか、結合部にできた隙間から白濁《はくだく》が溢れて流れ出ていく。

シュタルも同時に達し、四肢《しし》が力なくシーツの上に投げ出された。

レッドバーンは流れ落ちた白濁《はくだく》を指ですくい取ると、それをシュタルの花芯《かしん》に塗りつける。

「んっ、ひあ……っ！」

シュタルの腰ががくがくと揺れた。赤く色づいた花芯《かしん》が、どんどん白濁《はくだく》に汚れていく。

「一人で頑張ったからな……ご褒美《ほうび》だ」

そう言いながら、レッドバーンは溢れ出た精を陰唇にも塗りつけていった。すると内側だけでなく、外側も精にまみれていく。

精を塗りつけられるたび、ぞくぞくとした感覚がシュタルの背筋を走り抜けていった。肉体的な快楽とはまた違った、精神的な快楽が胸の内を支配していく。

精で体を汚されれば汚されるほど、シュタルの胸が躍る。劣情にまみれたレッドバーンの深紅《しんく》の瞳を見ていると、もっともっと彼のことが欲しくなった。

職務中は理性的な彼が、こうして自分にだけは愛欲を惜しみなくぶつけてくることが、どうしようもなく気持ちいい。

「にいさ……、旦那様。もっと、もっと欲しいです」

ねだるみたいに、シュタルが言った。繋《つな》がったままの彼のものは、すでに硬さを取り戻している。

「いくらでも、くれてやる」

レッドバーンは嬉しそうに口角を上げると、一度己を引き抜き、シュタルをうつ伏せにした。彼の意図を察して、シュタルは自分から腰を上げ、尻をレッドバーンに向ける。

白濁《はくだく》を垂れ流す蜜口に栓《せん》をするかのように、レッドバーンは己をシュタルの中に埋めていった。

「ああ……っ!」

シュタルは歓喜の声を上げ、背筋を反らせる。

「シュタル……」

レッドバーンはシュタルの背中に何度もキスをしながら、ゆっくりと腰を揺らした。先ほどのがつがつとした貪欲な動きとは違い、ねっとりとした動きだ。それはまるで、シュタルの内側をじっくり楽しんでいるようにも見える。

レッドバーンは細い首筋に浮かんだ汗を舐《な》め取ると、小さな耳朶《じだ》を甘噛《あまが》みした。レッドバーンの吐息が耳介《じかい》にかかり、その熱さにシュタルの体温が上がる。こういうときの彼の息づかいが、シュタルはとても好きだった。

レッドバーンは緩急をつけ、ときに腰をぐるりと大きく回す。

ずっとシュタルを見ていた彼は、ふとシーツの上に投げ出されたままの赤い石に気付いた。それを拾い上げると、結合部の上の花芯《かしん》にあてがう。

「はうっ！」

体の内側に硬く太いものをみっちりと咥《くわ》えこみつつ、敏感な部分を刺激されて、シュタルは目を見開いた。石が触れた部分が振動し、蜜口の内側にも伝わっていく。

「……ッ、コレ、やばいな……」

レッドバーンもまた、シュタルの体を通じてその振動を感じ取っていた。細かく震える内側が自身を刺激し、快楽がどんどん押し寄せてくる。

「やっ、待って……！」

シュタルは石を持つレッドバーンの手を思わず払いのけた。ころころと、石が転がっていく。

「すまない、嫌だったか？」

レッドバーンはすぐに非を詫びた。そんな彼に、シュタルは消え入りそうな声で告げる。

「ご、ごめんなさい。嫌っていうか……その、触れられるなら、兄様の指がいいです……」

そう、あの石はあくまでもレッドバーンがいないときのためのものだ。確かに気持ちがよいけれど、今はレッドバーンがいるのだし、彼に触れてもらいたい。

シュタルの可愛いお願いを聞いたレッドバーンは、破顔した。

「そうかそうか、悪かったな」

そう言って、レッドバーンは充血した花芯《かしん》に指先をあてがう。包皮をめくり、剥《む》き出しになった秘芽《ひが》を指で挟んでこりこりとしごいた。

「んああ！」

シュタルの内側が、嬉しそうにうねる。

「気持ちいいか？」

「……っ、は、はい……っんん、兄様の、指がっ、好きで――はぁっ、ああっ――」

包皮を剥《む》かれて敏感になったそこは、痛いくらいの快楽をシュタルに伝えてくる。秘芽《ひが》をしごかれながら、がつがつと腰を穿《うが》たれて、シュタルはかぶりを振った。気持ちよすぎて、頭がおかしくなってしまいそうだ。

「やぁん、っ、ふ……、あ、レッドバーン、様ぁ……」

再び絶頂感が押し寄せてきて、シュタルはぎゅっとシーツを掴む。肉のぶつかる音と、淫猥《いんわい》な水音が部屋に響いていた。

そして、それらの音に紛《まぎ》れるようなレッドバーンの吐息に、シュタルはどきどきする。彼の口からこぼれ落ちるその音こそが、一番いやらしいものに聞こえて仕方なかった。

「達しそうか？」

「は、はい……っふ、あぁ……」

「俺も……お前の中がよすぎて、すぐに出そうだ」

レッドバーンは腰の動きを速める。後ろから挿入するこの体位はいつもより深く繋《つな》がるので、シュタルの最奥が容赦なく穿《うが》たれた。

「っあ、あ――、旦那、様……っ」

「ああ、シュタル……俺の、可愛い奥さん……」

レッドバーンはシュタルの手の上に己の手を乗せ、ぎゅっと指を絡める。そして、中に精を惜しみなく注いだ。

シュタルの媚肉《びにく》はまるで精を飲みこむかのように、奥へと大きく波打っている。

すべてを出し終えたレッドバーンは楔《くさび》を引き抜き、再びシュタルを仰向《あおむ》けに寝かせると、力なく開いた唇に口づけ、シュタルの震える舌を吸う。

「んむ……ん」

度重なる絶頂で体に力が入らないシュタルは、レッドバーンのなすがままになっていた。ただ、与えられる口づけはとても気持ちよくて、うっとりと目を細める。

連続でシュタルを抱き、レッドバーンは満足した様子だ。妙にすっきりとした顔で、シュタルに口づける合間に言葉を交わす。

「そういえば、さっきの石だけどな。ああいう風にあてるだけでもいいけど、中に挿《い》れても気持ちいいらしいぞ?」

「えっ……」

それを聞いたシュタルが眉をひそめた。

「さすがに中に挿《い》れるのは怖いか？　中に挿《い》れても大丈夫なものだと聞いたが……」

「そうじゃなくて……、その、いくら発情期のときでも、兄様のもの以外を私の中に挿《い》れるのは、嫌です」

「………」

すでに萎《な》えたはずのレッドバーンのものがぴくりと反応し、再び鎌首をもたげそうになった。彼はシュタルに口づけると、舌を絡めて口内を余すところなく堪能《たんのう》する。

「ん……っ、はぁ……ん……」

最初は力なく口づけを受け入れているだけだったシュタルも、徐々に舌を動かすようになった。ぬるついた舌が擦れあい、幸福感が溢れてくる。

気付けば、シュタルはぎゅっと抱きしめられていた。すっかり硬くなった彼の雄《おす》の部分が下腹にあたっている。

「なあ、シュタル……？」

名前を呼ばれて、こくりと頷く。再び覆いかぶさってくるレッドバーンと視線が交わると、シュタルは嬉しそうに微笑んだ。

こいなだ陽日（こいなだようか）
茨城県出身。2018 年「宮廷魔導士は鎖で繋がれ溺愛される」で出版デビュー。珈琲と紅茶とチョコレートが好き。

イラスト：八美☆わん

本書は Web サイト「アルファポリス」（http://www.alphapolis.co.jp/）に投稿されたものを、改稿、加筆のうえ、書籍化したものです。

宮廷《きゅうてい》魔導士《まどうし》は鎖《くさり》で繋《つな》がれ溺愛《できあい》される

こいなだ陽日（こいなだようか）

2018年 2月 28日初版発行

編集－反田理美・羽藤瞳
編集長－塙綾子
発行者－梶本雄介
発行所－株式会社アルファポリス
〒150-6005東京都渋谷区恵比寿4-20-3 恵比寿ｶﾞｰﾃﾞﾝﾌﾟﾚｲｽﾀﾜｰ5F
TEL 03-6277-1601（営業）　03-6277-1602（編集）
URL http://www.alphapolis.co.jp/
発売元－株式会社星雲社
〒112-0005東京都文京区水道1-3-30
TEL 03-3868-3275
装丁・本文イラスト－八美☆わん
装丁デザイン－ansyyqdesign
印刷－図書印刷株式会社

価格はカバーに表示されてあります。
落丁乱丁の場合はアルファポリスまでご連絡ください。
送料は小社負担でお取り替えします。

ISBN978-4-434-24297-7 C0093